Les révélations d'une princesse

ANNIE WEST

Les révélations d'une princesse

Traduction française de
CHRISTINE MOTTI

AZUR

HARLEQUIN

Collection : Azur

Titre original :
REVELATIONS OF A SECRET PRINCESS

HARPERCOLLINS FRANCE
83-85, boulevard Vincent-Auriol, 75646 PARIS CEDEX 13
Service Lectrices — Tél. : 01 45 82 47 47

www.harlequin.fr

ISBN 978-2-2804-4530-6 — ISSN 0993-4448

1.

Caro sortit du café et resserra son manteau autour d'elle pour se protéger du vent qui s'engouffrait dans les manches de son vêtement et lui fouettait le visage. C'était curieux : sa peau était engourdie par le froid, alors qu'elle avait l'impression de bouillir intérieurement. Et rien ne pouvait apaiser cette sensation de chaleur intense.

Rien, excepté l'idée d'un échec.

Prise d'une soudaine nausée, elle s'appuya contre un lampadaire où elle posa sa main gantée.

Sa tête lui disait que le succès paraissait peu probable. Son cœur, lui, l'incitait à aller de l'avant. Sans aucune logique, avec un espoir dénué du moindre fondement.

Jamais elle ne s'était considérée comme quelqu'un de courageux, d'aventurier. Depuis sa plus tendre enfance, on lui avait appris à faire ce qui lui était demandé, à ne pas se mettre en avant, à éviter de se faire remarquer. Sa seule tentative d'émancipation s'était révélée désastreuse. Mais cela s'était produit quelques années plus tôt et depuis, elle avait changé, s'était réinventée. Si elle n'était pas quelqu'un d'intrépide, Caro se savait en revanche dotée d'une certaine détermination.

Elle inspira profondément, emplissant ses poumons du vivifiant air alpin. Elle était résolue à ne pas ménager ses efforts pour que sa démarche soit couronnée de succès.

Elle carra les épaules et regarda la rue qui menait au luxueux hôtel de la célèbre station de ski. Les touristes s'arrêtaient, émerveillés, devant les vitrines des boutiques réservées à une clientèle fortunée. Le soir venu, ils regagneraient leurs quartiers plus modestes. Les mâchoires serrées, Caro traversa le trottoir en partie recouvert de neige et ouvrit la portière de la petite voiture de location.

Vingt minutes plus tard, elle amorçait un virage révélant un espace ouvert, dégagé, qui semblait suspendu à mi-hauteur d'une montagne. La vue était spectaculaire, mais elle y prêta à peine attention.

En venant là, elle pensait découvrir un superbe chalet ou une maison conçue par un architecte, jouissant d'une vue exceptionnelle. Ce n'était cependant pas ce spectacle-là qui l'attendait. Stupéfaite, elle leva les yeux sur le mur de pierre d'un gris pâle, au pied duquel se dressaient de nombreux bâtiments aux toits pointus. Il y avait même une herse, remontée, derrière laquelle on distinguait une cour pavée.

Caro observa le château vieux de plusieurs siècles qui n'avait rien d'une ruine romantique, mais donnait au contraire l'impression d'être solide et parfaitement entretenu. Elle savait que Jake Maynard était riche, mais elle n'avait pas imaginé qu'il pût l'être à ce point. D'après ses recherches, il résidait en Australie, et n'avait pas hérité de cette demeure.

Perplexe, elle resta immobile. Elle connaissait la vie des gens riches et célèbres et était au fait de leurs faiblesses – les mêmes que celles des autres mortels. La richesse et le luxe ostentatoire ne l'impressionnaient pas.

C'était là son seul avantage et elle s'y cramponna, luttant contre la nervosité qui la gagnait. Agrippée au volant, elle manœuvra pour entrer dans la cour où elle se gara à côté d'une somptueuse voiture noire étincelante. Ce ne fut que quand elle éteignit le moteur et se laissa envelopper par le silence environnant qu'elle s'aperçut que ses mains tremblaient. Résolue à tenir bon, elle prit une profonde inspiration, tendit la main vers son sac et jeta un coup d'œil à son reflet dans le rétroviseur avant d'ouvrir la portière.

Elle allait y arriver.
Elle en était capable !
Deux vies en dépendaient.

— Mademoiselle Rivage est là.

En entendant la voix de Neil, son secrétaire qui se tenait sur le seuil de la porte, Jake redressa la tête à contrecœur.

Seule la logique l'avait incité à choisir cette femme parmi les quelques candidates en lice. Elle n'avait pas l'expérience des favorites, mais un détail de son CV avait retenu leur attention, à Neil et à lui. Un détail d'une indéniable importance…

Glissant les doigts dans ses cheveux, Jake décida d'accorder à la jeune femme un quart d'heure pour se présenter, pas une minute de plus.

Il en était là de ses pensées lorsqu'il vit Neil s'écarter pour laisser entrer la visiteuse. Les sourcils froncés, il la regarda avancer et eut la curieuse impression de se trouver sur un bateau, en pleine mer, au moment où le vent se levait. Tous ses sens en alerte, il observa la jeune personne qui venait d'entrer dans son bureau.

Elle était l'image même de la nounou classique. Mais pas tout à fait, rectifia-t-il, en examinant son tailleur uni, ses cheveux tirés en arrière et son visage apparemment dénué de toute trace de maquillage. Quelque chose ne cadrait pas dans ce portrait qui touchait à la perfection. Jake avait appris à se fier à son instinct et, à cet instant précis, cet instinct décelait quelque chose de bizarre…

Il se leva et contourna son bureau pour avancer vers la jeune femme.

— Mademoiselle Rivage…

Ils échangèrent une poignée de main ferme, ce qui n'avait pas été le cas avec la plupart des autres candidates. Au lieu de minauder, comme certaines, Caro Rivage le regarda droit dans les yeux. Mais elle détourna vite de lui son regard de jais, visiblement anxieuse.

Qu'y avait-il d'étonnant à cela ? Elle postulait pour un emploi et savait bien que ses atouts n'avaient rien de très impressionnant. Son sixième sens lui disait cependant que cet accès de nervosité n'était pas lié uniquement à l'entretien qui allait suivre.

— Asseyez-vous, je vous prie, mademoiselle Rivage, dit-il, l'invitant à prendre place face à son bureau.

— Je vous remercie, monsieur Maynard.

Elle avait une voix plus profonde qu'il ne l'avait imaginé, teintée de sonorités voilées qui éveillèrent son attention. Ceci était-il dû à la pointe d'accent à peine perceptible dans son anglais parfait ? Jake ne s'était jamais laissé influencer par les voix, aussi sensuelles soient-elles. Mais la silhouette de la jeune femme qui s'exprimait semblait en accord avec ce timbre, même s'il n'était guère facile de distinguer le corps de Caro Rivage sous ce tailleur assez strict. Elle paraissait grande avec ces chaussures à talons : à peine une demi-tête de moins que lui.

Ce fut avec des gestes gracieux qu'elle s'installa sur le siège qu'il venait de désigner. Une grâce qui tranchait avec ce tailleur marron foncé rappelant la couleur de ses cheveux. Rien de bien attirant, a priori, et pourtant Jake avait du mal à détourner le regard de la nouvelle arrivée. Était-ce l'élégance de son attitude qui le fascinait ? Cette façon délicate de croiser les chevilles sous le fauteuil, de poser les bras sur les accoudoirs ? À moins que ce ne soit la pâleur de son teint de porcelaine ?

Cette pâleur était accentuée par la couleur sombre de l'ensemble qu'elle portait pour la circonstance. Mais en y prêtant attention, le rose de ses joues n'était pas sans rappeler la chair tendre des pêches. Rien de comparable avec le teint de ses compatriotes australiens souvent exposés au soleil.

Elle changea de position, leva les yeux sur lui et détourna aussitôt le regard. Alors seulement, il prit conscience de n'avoir jamais cessé de l'observer depuis son entrée dans la pièce. Et cela l'ennuya. Car, quel que soit le charme de cette jeune femme, celle-ci ne l'intéressait pas.

Il se détourna donc d'elle et fit quelques pas afin de rejoindre le fauteuil situé de l'autre côté de son bureau, où il s'installa confortablement. Et il constata de nouveau qu'elle lui lançait un bref regard, avant de concentrer son attention sur sa jupe, qu'elle lissa du plat de la main.

Craindrait-elle les hommes ?

Ce fut alors qu'elle redressa le menton. Cette fois, elle ne chercha pas à détourner le regard, au contraire. Et tandis qu'ils se dévisageaient, Jake eut l'impression que son souffle s'accélérait. Cette réaction ne manqua pas de l'étonner. Que signifiait-elle ? Que Caro Rivage l'attirait ? C'était peu probable, car la jeune femme ne ressemblait en rien à celles qui suscitaient en général son intérêt.

Ne provoquerait-elle pas plutôt en lui une réaction de méfiance ? Il pressentait en elle quelque chose qui l'incitait à se tenir sur ses gardes.

— Parlez-moi de vous, mademoiselle Rivage, dit-il alors en se laissant aller contre le dossier de son fauteuil.

Jake Maynard avait une voix un peu rauque qui la fit frissonner. Elle cligna les paupières, s'enjoignant à la raison. Elle était immunisée contre le charme masculin. Chat échaudé craint l'eau froide ! De toute façon, elle savait bien que cet homme-là ne cherchait nullement à la séduire. Cet accueil poli cachait des desseins bien précis. L'intensité du regard gris posé sur elle accentua sa nervosité. Ces yeux luisants comme des diamants semblaient lire en elle, déceler les secrets qu'elle gardait enfouis tout au fond d'elle-même.

Caro dut faire appel à toute sa volonté pour rester tranquillement assise et ne pas chercher à se soustraire à ce regard. Afin de se donner une contenance, elle lissa une fois de plus sa jupe du plat de la main. Elle avait l'impression d'être déguisée dans cette tenue conventionnelle si différente des confortables jeans, chemises et baskets qu'elle portait habituellement depuis quelques années. L'ensemble classique lui permettait de se camoufler, mais lui rappelait aussi une autre vie, ce qui n'était pas sans la perturber.

En face d'elle, l'homme aux cheveux d'ébène haussa un sourcil noir et elle se rappela soudain qu'il attendait toujours sa réponse. Avec ce beau visage aux traits fermes, ce physique imposant et une situation financière des plus enviables, Jake Maynard n'avait sans doute pas l'habitude qu'on le fasse attendre.

Elle s'était laissé distraire par la force qui émanait de cet individu aux larges épaules, aux traits fermes et réguliers. Par l'expression de ce regard gris qui inspirait la confiance.

Comme si un homme pouvait être digne de confiance !

Elle croisa les mains et s'éclaircit la voix avant de prendre la parole.

— Mon CV et ma lettre de candidature sont clairs : j'aime m'occuper des enfants et je crois pouvoir affirmer que je fais plutôt du bon travail dans ce domaine. Mes références vous permettent d'ailleurs de vérifier que ce que j'avance est vrai.

D'instinct, elle redressa les épaules, comme dans l'attente d'une altercation. Aujourd'hui encore, l'habitude qu'avait toujours eue son père de saper sa confiance en elle-même continuait de susciter ce genre de réaction. En prononçant ces mots pourtant fondés sur la vérité, elle s'attendait à ce que Jake Maynard manifeste son désaccord.

Pendant les instants qui suivirent, leurs regards restèrent rivés l'un à l'autre, puis il baissa le sien pour concentrer son attention sur les documents posés sur son bureau. Caro refoula le soupir de soulagement qui lui montait aux lèvres.

Elle retint son souffle jusqu'à ce qu'il redresse la tête et la dévisage.

— Je constate que vous n'avez aucune formation particulière, aucun diplôme officiel.

— En effet, mon expérience s'est déroulée essentiellement sur le terrain. Mais vous remarquerez que j'ai suivi un certain nombre de cours concernant l'apprentissage précoce.

Sans prendre la peine de relire les feuilles qu'il avait sous les yeux, il les repoussa du bout des doigts. Caro se figea. Allait-il mettre fin à cet entretien au bout de quelques minutes à peine ?

— Je dois vous dire que les autres candidates présélectionnées ont à la fois une grande expérience *et* une véritable formation, insista-t-il, appuyant sur le « et ».

Ce qu'elle redoutait tant serait-il en train de se produire ? En proie à une sensation de malaise, elle parvint toutefois à reprendre la parole.

— Avez-vous lu mes références ? Je suis certaine que vous les trouverez convaincantes.

Les coudes sur le bureau, Jake posa le menton sur ses doigts croisés. Il paraissait très à l'aise, ce qui ne fit qu'accroître son trouble. Remarquant qu'il ne prenait pas la peine de parcourir les feuilles qu'il venait de repousser, elle cligna les paupières.

Décidément, cet entretien se révélait bien plus complexe encore qu'elle ne l'avait imaginé, et ce pour maintes raisons – parmi lesquelles le pouvoir de séduction de Jake Maynard qu'elle devait s'efforcer d'ignorer. Il y avait en cet homme quelque chose de captivant en total décalage avec l'atmosphère compassée de cette pièce remplie d'ouvrages anciens reliés de cuir.

— Je devrais être impressionné parce que vous comptez parmi vos références une comtesse ? lança-t-il avec un sourire en coin.

Il avait donc lu tous les documents accompagnant sa candidature et s'en souvenait, ce qui n'était pas sans la surprendre.

— Malheureusement pour vous, mademoiselle Rivage, je n'accorde aucune importance aux titres de noblesse.

En entendant ces mots, Caro se raidit. Stéphanie était une cliente, mais aussi une bonne amie, et c'était en toute bonne foi qu'elle avait écrit cette lettre de recommandation.

Se redressant sur son siège, elle posa sur son interlocuteur un regard froid.

— L'élément clé de ce courrier est la description de mes méthodes de travail, pas le titre de la personne qui l'a rédigé.

Elle vit les épais sourcils noirs se rapprocher et comprit que Jake Maynard était surpris par sa réaction. Qu'espérait-il donc ? Qu'elle reste sagement assise, à l'écouter critiquer sa candidature ainsi que ses amis ?

— Quand j'ai commencé à travailler pour cette personne, son fils était confronté à de sérieuses difficultés. Ensemble, nous avons réussi à en venir à bout.

— Et vous pensez être à l'origine de cette victoire ?

— Non. Il s'agissait d'un travail d'équipe comportant des programmes spécifiques. Mais j'étais tous les jours auprès de cet enfant et je considère avoir joué un rôle important dans ses progrès.

C'était certes moins valorisant que de prétendre qu'elle avait réussi toute seule, mais elle n'avait aucune envie de mentir.

Jake Maynard resta impassible. Peut-être était-ce sa façon de réagir – ou plutôt de *ne pas* réagir – lorsqu'il recueillait des informations ? Le regard perçant, il semblait concentré sur ce qu'il entendait, mais veillait à ne rien trahir de ce que cela pouvait provoquer en lui.

Cette mâchoire carrée et ces pommettes hautes rappelaient à Caro une image qui l'avait fascinquée lorsqu'elle était enfant : celle d'un chevalier du Moyen Âge prêt à attaquer avec sa lance un dragon de la taille d'un poney Shetland.

Elle avait toujours pris fait et cause pour le petit dragon.

— Et vous pensez que ces quatre années d'expérience en tant que nounou ou assistante maternelle font de vous la personne la plus apte à vous occuper de ma nièce ?

Elle s'était trompée. Ce regard d'acier semblait plus condescendant que celui du fameux chevalier. Il lui rappelait celui, glacial, de son père qui, durant toute son enfance, l'avait réduite à un silence contrit.

Sentant les muscles de son corps se raidir, elle changea

de position. Comme elle croisait les jambes, elle constata que l'homme assis en face d'elle suivait avec attention ce mouvement, et curieusement, sentit les battements de son cœur s'accélérer. Résolue à ne rien laisser paraître de cette agitation intérieure, elle posa les bras sur les accoudoirs du fauteuil et reprit la parole pour répondre à la question que venait de lui poser Jake Maynard.

— J'ignore tout des autres candidates, mais je peux vous certifier que, si l'occasion m'est donnée, je me consacrerai entièrement à votre nièce. Vous n'aurez *rien* à me reprocher.

— Vous me semblez bien sûre de vous, observa-t-il, un sourcil levé.

— Peut-être, mais je ne crois pas me tromper. Je sais de quoi je suis capable.

Elle s'était exprimée d'un ton ferme qui reflétait son assurance en la matière. L'expression de l'homme installé derrière le bureau n'avait cependant pas changé : il ne paraissait nullement impressionné par ce qu'elle venait d'affirmer. Pourquoi le serait-il ? Il avait dû recevoir une foule de personnes très qualifiées et n'avait sans doute que l'embarras du choix. À cet instant précis, elle comprit qu'il pourrait très bien la remercier sur-le-champ, sans lui laisser la moindre chance de faire ses preuves.

Que se passerait-il alors ? Quelle autre opportunité pourrait bien se présenter à elle ?

Refoulant ces pensées dévastatrices, elle changea de nouveau de position et croisa ses jambes dans l'autre sens.

— Soyons clairs, monsieur Maynard : si ma candidature ne vous avait pas intéressé, je ne serais pas ici.

Elle avait l'impression de sentir son cœur cogner contre sa poitrine. La perspective d'un échec se dessinait de façon de plus en plus précise. Consciente que ses chances de réussir étaient minces, elle s'obstinait toutefois à ne pas lâcher prise. C'était là l'occasion rêvée de rectifier ce que le passé lui avait infligé.

Si Jake Maynard soupçonnait un seul instant le motif

de sa présence, elle serait mise à la porte sur-le-champ. Cette éventualité accentua sa sensation de malaise. Avalant lentement sa salive, elle se demanda si la nièce de celui-ci se trouvait dans les parages.

— Peut-être avais-je envie de rencontrer une candidate qui, en dépit de références pas très solides, paraissait très sûre d'elle ?

Caro retint son souffle. Le ton sur lequel il venait de s'exprimer n'était pas plus dur, mais elle eut l'impression que chacun de ces mots était une flèche qui lui transperçait la peau. Par chance, il fallait plus que des regards ou des mots pour la décontenancer.

— Je doute, monsieur Maynard, que vous fassiez déplacer des candidats jusqu'à ce coin reculé des Alpes par pur caprice.

Du moins l'espérait-elle. Cet entretien signifiait bien qu'elle avait une chance d'obtenir le poste ?

— « Ce coin reculé des Alpes », répéta-t-il, ironique. L'endroit ne vous plaît pas ? L'annonce précisait pourtant bien qu'il fallait vivre sur place.

S'il cherchait une excuse pour rejeter sa candidature, il devrait en trouver une autre que celle-ci.

— Du tout. Je serais plutôt contente de vivre à la campagne, rétorqua-t-elle. En fait, j'y suis habituée.

Jake Maynard la fixait toujours et elle avait du mal à contrôler la nervosité que ce regard perçant provoquait en elle. Nervosité qui augmentait de seconde en seconde. Mais il ne fallait surtout pas qu'il le remarque, aussi décida-t-elle de reprendre les rênes de la conversation.

— Votre nièce est originaire de Sainte Ancilla ?

Ce commentaire suscita une brusque réaction de son interlocuteur qui se redressa aussitôt, comme s'il s'apprêtait à bondir par-dessus le bureau.

— Qui vous a dit cela ?

Elle comprit tout à coup ce qui se cachait derrière cette froideur apparente : un fort instinct de protection. À moins que ce ne soit la prudence innée d'un célibataire riche et plutôt bel homme qui cherchait à fuir les paparazzis ? Quelque chose lui disait pourtant que cet instinct de protection était surtout lié à sa nièce et cette pensée lui mit un peu de baume au cœur. Elle se réjouissait que la fillette ait à ses côtés quelqu'un qui veille sur elle, qui soit prêt à la défendre en toutes circonstances.

Sentant une émotion soudaine monter en elle, elle toussota pour tenter de la chasser. Si seulement elle avait été moins vulnérable…

— Allez-vous me répondre ? l'entendit-elle insister.

Elle se reprocha aussitôt ce moment de faiblesse, redressa le menton et soutint le regard gris posé sur elle.

— Il se trouve que j'ai effectué quelques recherches avant de postuler.

Pour la première fois depuis qu'elle était entrée dans la pièce, elle remarqua que Jake Maynard semblait un peu moins maître de la situation. Il prit un stylo qu'il fit tourner entre ses doigts avant de déclarer :

— Ce que vous venez d'avancer n'est pas de notoriété publique, mademoiselle Rivage.

Caro frissonna. Aurait-elle *déjà* commis une erreur ? Elle fouilla son esprit pour se remémorer les mots qu'elle venait de prononcer et qui avaient provoqué une telle réaction.

— Peut-être pas ici… Mais à Sainte Ancilla, ce n'est un secret pour personne.

Elle marqua une brève pause avant d'ajouter :

— L'accident qui a provoqué la mort de ses parents est paru dans la presse locale.

Comme Jake Maynard restait muré dans le silence, elle enchaîna :

— Je suis désolée pour cette perte et vous présente mes condoléances. Ce sont des moments très difficiles à vivre, tant pour votre nièce que pour vous.

— Et vous avez pu établir un lien entre cet article de journal et mon annonce ? insista-t-il, un sourcil levé. Je ne garde pas le souvenir que la presse de Sainte Ancilla ait mentionné mon nom.

Il semblait sceptique et elle pouvait difficilement le lui reprocher. Il paraissait même méfiant, à présent, ce qu'elle aurait préféré éviter.

Jake Maynard était un multimillionnaire autodidacte. Or on ne devenait pas un magnat de la finance sans être doté d'intelligence et de perspicacité, ou en prenant pour argent comptant tous les propos qui nous étaient adressés.

Comment diable avait-elle pu se laisser aller à penser que tout se déroulerait sans la moindre anicroche ? Parce qu'elle avait besoin d'y croire, ni plus ni moins !

Cette fois encore, pour cacher ses émotions et gagner un peu de temps, elle passa la main sur sa jupe.

— Je connais quelqu'un qui vit dans cette partie de Sainte Ancilla et qui m'a dit de façon anodine que vous étiez désormais le tuteur d'Ariane.

Après quoi elle se tut. En prononçant le nom de la fillette, elle avait perçu un léger tremblement dans sa voix. C'était ridicule de laisser transparaître son émotion à cet instant précis. Elle devait éviter de montrer tout signe de fragilité, car l'homme assis en face d'elle saisirait sans hésiter l'occasion d'en savoir davantage.

Écartant les bras en un geste aussi naturel que possible, elle précisa :

— De ce fait, quand j'ai lu votre annonce, plus tard, j'ai établi le rapprochement.

— Je vois…

Jake Maynard se laissa de nouveau aller contre le dossier de son siège et elle s'efforça de détourner son attention de l'imposante carrure masculine.

— Vous voyagez beaucoup, reprit-il. D'abord Sainte Ancilla, maintenant la Suisse…

Elle croisa son regard et plaqua sur ses lèvres le sourire poli qu'elle avait eu tout le temps de parfaire durant son enfance. Ce même sourire que son père sollicitait lorsqu'elle devait donner devant la presse l'image d'une fille heureuse.

Il était hors de question qu'elle admette avoir eu vent de cette annonce parce qu'elle cherchait un moyen de se rapprocher d'Ariane. Libre à Jake Maynard de penser qu'elle se trouvait en Suisse pour une autre raison.

— Par chance, le transport aérien tout comme Internet sont aujourd'hui à la portée de la plupart d'entre nous, répliqua-t-elle.

Pour la première fois depuis son arrivée, elle vit son interlocuteur esquisser un sourire, ce qui donna aussitôt un éclat plus chaud à son regard. L'effet était saisissant. Jake Maynard semblait soudain plus… humain. Et plus séduisant encore ! Mais c'était là le cadet de ses soucis, puisqu'elle était immunisée contre l'espèce masculine.

— Et vous pensez que je devrais retenir votre candidature parce que vous êtes originaire du même pays que ma nièce ?

Inclinant la tête de côté, elle réfléchit quelques secondes avant de répondre :

— Je crois en effet qu'il est important que je connaisse sa langue, sa culture. Ces éléments peuvent apporter du réconfort aux enfants, ce qui n'est pas négligeable en pareilles circonstances.

Après une courte hésitation, elle ajouta :

— Même si elle n'est pas appelée à retourner vivre là-bas, il est très important qu'elle n'oublie pas sa langue maternelle.

Ces mots furent suivis d'un long silence. Puis lentement, comme s'il lui en coûtait d'admettre qu'elle avait raison, Jake Maynard hocha la tête.

— Pour être tout à fait honnête, mademoiselle Rivage, c'est bien là le motif de votre présence ici aujourd'hui. Je considère en effet que ma nièce a besoin d'avoir auprès d'elle quelqu'un qui parle aussi bien l'ancillan que l'anglais. Ariane a perdu ses parents, mais je ne souhaite pas qu'elle perde aussi son héritage culturel.

Caro décela une légère faille dans cette voix grave et, pour la première fois depuis qu'elle était entrée dans cette grande pièce occupée aux trois quarts par l'imposante bibliothèque, ressentit pour cet homme un élan de sympathie. L'expression de son visage n'avait pas changé, mais l'inflexion du ton sur lequel il s'était exprimé trahissait le chagrin provoqué par ce deuil qu'il semblait chercher à enfouir au plus profond de lui-même. Le sort ne s'était pas montré des plus tendres envers lui, ces derniers temps. Il venait de perdre sa sœur, son beau-frère et devait à présent veiller sur sa nièce. Une période difficile à traverser.

— J'ai une certaine expérience concernant la perte d'êtres chers, monsieur Maynard. Si vous voulez bien m'accorder votre confiance, je ferai tout mon possible pour aider votre nièce à surmonter ce chagrin et à continuer malgré tout à aller de l'avant.

Leurs regards restèrent longtemps rivés l'un à l'autre, et elle ne décela aucune trace de désapprobation ou de refus dans les yeux gris. Mais peut-être n'était-ce qu'un effet de son imagination ?

Elle en était là de ses pensées quand la porte s'ouvrit soudain sur Neil Tompkins, le secrétaire de Jake Maynard, qui l'avait reçue et conduite dans ce bureau.

— Désolé de vous déranger, mais il y a un appel important. De la part du consortium de Genève.

Jake Maynard se leva aussitôt.

— Je vous prie de m'excuser, mademoiselle Rivage. Ce n'est pas le moment idéal, mais je dois répondre.

— Ne vous inquiétez pas, je comprends.

— Je serai bref.

Sur ce, il quitta la pièce, suivi de son assistant qui referma la porte derrière lui. Dès qu'ils furent sortis, Caro bondit hors de son siège, comme mue par un ressort. Rester tout ce temps assise sous ce regard scrutateur s'était révélé très éprouvant. Elle laissa son sac à main près de la chaise et se mit à faire les cent pas dans la pièce avant de s'arrêter près d'une grande fenêtre. Elle resta quelques instants immobile, à contempler le majestueux spectacle des montagnes enneigées, si différent de ce à quoi elle était habituée chez elle, près de la Méditerranée.

Face à ce paysage, elle se remémora son échange avec

le maître des lieux, s'interrogeant sur la pertinence de ses réponses aux questions qu'il lui avait posées. Si les autres candidates avaient présenté des dossiers plus fournis que le sien, il était peu probable que ce soit à elle qu'il confie la garde de sa nièce. Mais l'ancillan n'était pas une langue répandue. Il s'agissait d'une langue ancienne qui avait des racines grecques – et même, pensaient certains linguistes, phéniciennes. Au fil des siècles, influencée par les conquêtes d'autres territoires et les échanges commerciaux, elle s'était enrichie de souches italiennes et arabes.

Si elle était la seule candidate à parler l'ancillan, elle avait des chances d'obtenir le poste.

Plongée dans ses pensées, elle sursauta en entendant une porte s'ouvrir. Cette porte n'était pas celle du couloir, ni celle du bureau du secrétaire, mais une autre qui se trouvait au fond de la pièce. Sur le seuil se tenait une fillette aux cheveux ébouriffés. Elle portait une robe à volants toute fripée, et des mèches cuivrées s'échappaient de ses tresses défaites.

Caro sentit son sang se figer dans ses veines. Incapable de bouger, elle prit plusieurs inspirations. Les souvenirs affluèrent tandis que l'enfant levait vers elle un visage baigné de larmes. Le violet de ses grands yeux était diffus, brouillé par les pleurs.

Saisie de tremblements, Caro s'adossa au mur. Elle avait l'impression que le sol se dérobait sous ses pieds. Ce moment, elle s'était longtemps battue pour le vivre. Que de fois avait-elle prié pour qu'il se produise ? Mais rien ne l'avait préparée au choc de la réalité.

Ces cheveux, ces yeux…

Elle venait brusquement de remonter le temps.

— Où est oncle Jake ? demanda la fillette.

Cette voix un peu tremblante la replongea dans le présent. Elle voulut sourire, mais n'y parvint pas. Ses lèvres semblaient paralysées, tout comme le reste de son corps.

— Il… sera là dans une minute, chuchota-t-elle.

Elle vit les superbes yeux violets s'arrondir.

— Mais… Vous parlez comme moi !

Sans même s'en apercevoir, Caro s'était exprimée en ancillan.

C'est alors que la petite fille pour laquelle elle avait parcouru tout ce trajet, celle dont elle ignorait l'existence à peine quelques semaines plus tôt, traversa la pièce pour la rejoindre.

Elle avait du mal à en croire ses yeux. Partagée entre le rire et les larmes, elle regarda l'enfant avancer vers elle et fut prise d'un violent désir de la serrer dans ses bras pour ne plus jamais la lâcher.

2.

Ariane, qui n'avait apparemment rien remarqué de l'émotion provoquée par son arrivée, lui tendit un ours en peluche qui semblait avoir beaucoup servi et ne pas avoir manqué d'affection.

— Le bras de Max est tombé. Vous pouvez le recoudre ?

Plongée dans la contemplation de ce visage en forme de cœur, des taches de rousseur sur ce joli petit nez, Caro ne saisit qu'au bout de quelques secondes le sens des mots prononcés par la fillette.

Malgré toutes les preuves dont elle disposait, elle s'était dit qu'il pouvait s'agir d'une erreur. Ce genre d'événements – des membres de la famille perdus depuis longtemps, des scandales gardés secrets – ne se produisaient pas dans le monde réel. Mais face à Ariane, toute trace de doute se dissipait. Ces yeux, ces cheveux, jusqu'à cette façon un peu timide de pencher la tête…

Ce qui paraissait impossible s'avérait pourtant vrai, elle en avait la preuve devant elle. Très émue, Caro avait du mal à respirer. Elle sentit des larmes – les premières depuis des années – lui brûler les paupières.

La fillette recula, ce qui incita Caro à se ressaisir sur-le-champ. Au prix d'un immense effort, elle réussit à esquisser un vague sourire.

— Excuse-moi, je ne voulais pas te faire peur.

Elle s'empressa de passer la main sur ses paupières.

— J'avais quelque chose qui me gênait dans les yeux.

C'est fini, maintenant ! Alors, parle-moi de ton ours. Il s'appelle Max, c'est bien ça ?

Ariane acquiesça, mais garda ses distances.

— C'est un joli nom, insista Caro d'un ton qui se voulait naturel.

Il lui en coûtait de ne pas se rapprocher de l'enfant, mais elle ne voulait surtout pas l'effrayer davantage. À la vue de ses larmes, celle-ci avait déjà paru affectée. Mieux valait ne pas précipiter les choses, même si elle brûlait d'envie de la serrer dans ses bras.

— Sais-tu qu'il a existé un roi qui s'appelait Max ? Il était très courageux. Il s'est battu contre les pirates qui voulaient envahir Sainte Ancilla.

Sans hésiter, la fillette fit un pas dans sa direction.

— C'est de là que je viens. Vous aussi ?

— En effet, répondit-elle avec un sourire plus assuré.

Jamais elle n'avait osé imaginer avoir un jour une conversation pareille. Ce moment si particulier était teinté à la fois de douceur et d'amertume. De douceur, parce que après toutes ces années de chagrin habitées par une sensation de vide profond, elle avait enfin trouvé celle dont elle ignorait tout. D'amertume, parce que ces années-là étaient perdues à jamais.

Mais à quoi bon s'attarder sur le passé ? Une flamme jaillit soudain en elle. Jamais elle ne s'était sentie aussi vivante, aussi enthousiaste.

— Raconte-moi ce qui est arrivé à Max, enchaîna-t-elle. Il s'est battu contre des pirates ?

En entendant ces mots, Ariane sourit, et Caro éprouva une joie intense en voyant ce ravissant visage s'illuminer.

— Mais non ! En vrai, ça n'existe pas, les pirates !

— Ah non ?

Caro dévorait du regard ces petites joues rebondies.

— Non. C'est ce qu'il a dit, oncle Jake.

— Je vois…

— C'est pas la peine d'avoir peur parce qu'ils n'existent que dans nos rêves.

— C'est bon à savoir. Merci.

Cela signifierait-il qu'Ariane faisait souvent des cauchemars ? Cette fois encore, elle fut tentée de l'attirer contre elle, mais n'en fit rien.

— Vous êtes qui, vous ? demanda alors la fillette en inclinant la tête de côté. Vous ressemblez à…

Elle marqua une pause et, fronçant les sourcils, ajouta :

— … à quelqu'un que je connais.

Caro retint son souffle.

— Ah ? Et… à qui ?

Après avoir réfléchi quelques secondes, l'enfant haussa les épaules et Caro s'efforça de retrouver un semblant de calme. Ariane était une petite fille. Elle avait sans doute l'impression de la « connaître » parce qu'elle était elle aussi originaire de Sainte Ancilla, rien de plus. Toute autre hypothèse relevait de l'impossible, même si Caro percevait entre elles un lien très particulier.

— Voyons, explique-moi ce qui est arrivé à Max, puisqu'il ne s'est apparemment pas battu avec des pirates.

Ariane fit la moue.

— Je ne sais pas. Il était comme ça quand je me suis réveillée ce matin.

Caro observa avec attention l'ours en peluche qui avait un bras bien plus usé que l'autre. De toute évidence, c'était de ce côté-là qu'Ariane avait coutume de le serrer contre elle et la couture avait fini par lâcher.

— Ça devrait pouvoir se réparer facilement.

— C'est vrai ? lança la fillette, le regard luisant d'espoir.

— Bien sûr. Un peu de fil et une aiguille, et hop, le tour sera joué !

Ariane se rapprocha encore de Caro pour lui tendre l'ours brun ainsi que le bras qu'il venait de perdre.

— Vous pouvez le faire tout de suite ? S'il vous plaît…

Comment résister à cet adorable regard ? En avait-elle seulement envie ? Non, bien entendu !

— Je n'ai pas de matériel de couture avec moi, mais je pense qu'il est possible de le réparer en le collant.

— Ah ?

— Tu veux bien m'apporter mon sac, s'il te plaît ? Il est juste à côté du fauteuil.

Mieux valait que ce soit la fillette qui aille le chercher, car, toujours très troublée par cette situation, elle craignait d'avoir une démarche vacillante qui ne manquerait pas de la trahir. Comme elle regardait la fillette traverser la pièce, elle se demanda qui lui avait offert Max. Était-ce un cadeau de ses parents ? De son oncle Jake ?

Songeant à l'homme d'affaires qui venait de l'interroger, assis à son bureau, elle essaya de l'imaginer auprès de celle qui était sa nièce. Il lui avait donné l'impression d'être plutôt froid et exigeant, mais il était peu probable qu'il ait ce genre d'attitude envers la fillette. Il lui avait paru très protecteur à l'égard de celle-ci.

— Voilà, dit Ariane en lui tendant son cabas.

— Merci…

Elle se retint à temps de prononcer le prénom de l'enfant, qu'elle n'était pas censée connaître.

— Je m'appelle Caro. Et toi ?

— Ariane.

— Très joli prénom.

— Mon papa il disait qu'ils l'avaient choisi, ma maman et lui, parce que j'étais très mignonne.

Comme elle évoquait ses parents décédés, ses yeux s'emplirent de larmes et Caro sentit s'évanouir son propre enthousiasme. La fillette, qui venait de perdre ses parents, était dévastée par le chagrin. Le moindre mot, la moindre situation, lui rappelaient cet événement tragique.

Prenant son sac, elle y plongea la main.

— Tu es en effet très mignonne, dit-elle, aussi naturellement que possible. Je connais quelques filles de Sainte Ancilla qui portent elles aussi ce prénom. C'était celui d'une dame célèbre qui était très belle, mais aussi et surtout, très courageuse et dotée d'un cœur d'or.

— C'est vrai ?

Sa manœuvre pour distraire la fillette avait porté ses

fruits. À présent celle-ci la fixait, curieuse d'entendre la suite.

— Oui. Elle a vécu il y a longtemps, à l'époque où il n'existait pas encore de bons hôpitaux ni de médicaments efficaces. À cette époque-là, quand certaines maladies se répandaient, les princes et les princesses s'enfermaient dans leurs propriétés pour éviter d'être contaminés. Ariane, elle, quittait son château et allait s'occuper des pauvres gens. Elle veillait à ce qu'ils ne manquent ni d'eau ni de nourriture et les aidait à se rétablir.

— Je veux être comme elle ! Je veux aider les gens, moi aussi.

— Eh bien… Tu peux commencer à t'entraîner en aidant Max, dit Caro en lui tendant un foulard sorti de son sac. Est-ce que tu peux tenir son bras de cette façon ?

Ariane hocha la tête et se rapprocha d'elle pour suivre ses instructions. Émue de sentir contre elle ce petit corps tout tiède, Caro s'efforça de concentrer son attention sur la peluche pour lui mettre le bras en écharpe. Mais son esprit ne cessait de vagabonder. Elle pensait à cette enfant que le sort n'avait pas épargnée. Ariane avait à présent besoin de gentillesse, d'attention, et par-dessus tout, d'amour.

Elle mettrait tout en œuvre pour être à ses côtés.

Debout dans l'embrasure de la porte, Jake observait l'enfant et la jeune femme qui avaient toutes deux la tête penchée au-dessus de l'ours en peluche. A priori, il s'agissait d'une scène banale et pourtant, il y avait là *quelque chose* qui retenait toute son attention. Serait-ce parce que la fillette aurait dû se trouver non pas auprès de Mlle Rivage, mais de Connie ?

Au souvenir de sa sœur disparue, il sentit sa gorge se nouer et son regard se fit plus aigu. De façon étrange, il percevait entre l'enfant et la candidate au poste de nounou une sorte de… complicité. À les voir ainsi, côte à côte, il avait l'impression qu'un lien mystérieux les unissait.

Serait-ce parce qu'elles étaient en train d'échanger en ancillan, langue dont il ne comprenait pas un traître mot ? De loin, il avait remarqué le soudain accès de tristesse de sa nièce et il avait aussi vu comment Mlle Rivage s'y était prise pour tenter de la distraire. La confiance qu'il accordait jusque-là à la jeune femme avait alors grimpé de quelques crans. En cette période pour le moins difficile, toute personne capable de faire sourire Ariane méritait à ses yeux une récompense.

Ces quelques instants passés à observer sa nièce et Caro Rivage lui avaient permis de remarquer chez cette dernière une indéniable sensibilité qu'il ne pouvait qu'apprécier, et aussi une authentique habileté à prendre en main la situation. Mais il n'était pas pour autant prêt à lui confier le poste, car ses qualifications restaient très légères comparées à celles de certaines autres candidates exerçant depuis longtemps ce métier.

Les sourcils froncés, il fixa la jeune femme qui semblait nouer quelque chose autour de la peluche. Le tableau était assez surprenant. À les regarder ainsi, tout près l'une de l'autre, il lui semblait trouver une certaine ressemblance entre elles. Pourtant, elles n'avaient ni la même couleur de cheveux ni la même couleur d'yeux. Le visage d'Ariane rappelait la forme d'un cœur, alors que celui de Mlle Rivage était ovale. Mais il y avait dans le regard, dans le profil, une sorte de similitude.

Conscient de s'égarer, il secoua la tête. Non, Ariane et Mlle Rivage ne se ressemblaient pas ! Le fait qu'elles soient toutes deux penchées dans la même position avait suffi à créer cette étrange impression.

Décidément, son esprit avait tendance à vagabonder depuis l'arrivée de Caro Rivage ! À tel point que, dans le bureau de Neil, sitôt la communication téléphonique terminée, il avait relu en diagonale le dossier de la jeune femme pour s'assurer qu'il ne se méprenait pas à son sujet. Et il avait constaté que ce n'était pas le cas : il avait bien retenu les atouts principaux des différentes candidates et ne pensait pas s'être trompé en considérant celle-ci comme une aspirante qui n'avait rien d'extraordinaire.

Or ses choix se portaient toujours sur ce qui avait un caractère exceptionnel. Il considérait ne pas avoir de temps à perdre avec ce qui relevait du commun. C'était de cette façon qu'il avait bâti son entreprise ainsi que sa fortune personnelle, en misant sur l'excellence.

Il devait toutefois admettre que cette situation était particulière. Ariane avait peut-être besoin d'avoir à ses côtés non pas une personne sensationnelle, mais plutôt quelqu'un d'« ordinaire », qui l'aide à retrouver une vie normale après le traumatisme que le sort lui avait infligé. À ce stade de ses pensées, il fronça les sourcils. C'était ridicule. Il souhaitait offrir à sa nièce ce qu'il y avait de meilleur, et ce dans tous les domaines.

Glissant nerveusement les doigts dans ses cheveux, il réprima un soupir. Ne se montrerait-il pas trop exigeant pour recruter la personne chargée de s'occuper d'Ariane ? Il n'avait pas l'habitude d'évoluer dans ce genre de sphères, ce qui rendait sa décision compliquée. D'ordinaire, son rôle consistait à faire des choix judicieux, tant d'un point de vue professionnel que financier.

Mais cette fois, c'était le bien-être de sa nièce qui était en jeu, et cela n'avait pas de prix. La pauvre enfant avait vécu des moments si éprouvants ! Il songea à la voiture de sa sœur et de son beau-frère, écrasée par un arbre qu'une violente tempête avait abattu sur eux. C'était un miracle qu'Ariane, qui se trouvait, elle aussi, dans le véhicule, ait survécu.

Il lui appartenait désormais de prendre soin de la fillette. Il le devait à Connie et à son mari.

Sans plus hésiter, il entra dans la pièce. Dès qu'il eut franchi le seuil du bureau, la jeune femme redressa la tête et posa sur lui ses grands yeux noirs. Bien que concentrée sur la tâche qu'elle était en train d'accomplir avec l'enfant, elle semblait avoir perçu aussitôt sa présence. Il ne savait trop comment interpréter cette réaction. Était-ce bon signe ou pas ?

Pendant les instants qui suivirent, leurs regards restèrent rivés l'un à l'autre et il eut l'impression qu'un courant particulier passait entre eux. Ce qui était absurde, car Mlle Rivage ne ressemblait en rien aux jeunes femmes qui retenaient d'habitude son attention. Non qu'elle fût laide, loin de là. Elle avait des traits fins et ne manquait pas d'élégance, mais Jake préférait des physiques plus typés, des styles moins classiques. Il avait un penchant pour celles qui, en raison de leur allure et leur tenue, attiraient le regard.

En outre, il n'avait pas pour habitude de mêler vie professionnelle et vie privée. Il était donc hors de question qu'il ait une aventure avec l'une de ses employées. Comme cette pensée lui traversait l'esprit, il serra les mâchoires. Caro Rivage ne travaillait pas à son service. Pas encore. Et sans doute ne serait-ce jamais le cas.

— Qu'est-il arrivé à Max ? demanda-t-il, s'arrêtant devant sa nièce et la jeune femme.

Ariane leva les yeux vers lui et lui adressa un bref sourire. Elle était apparemment contente de le revoir, mais pas assez pour se blottir dans ses bras. Comment lui en tenir rigueur ? Elle le considérait encore presque comme un étranger. Il n'était pas allé très souvent à Sainte Ancilla et, lors de ses rares visites, s'il logeait dans la famille de Connie, il passait le plus clair de ses journées à travailler, ce qui ne lui laissait guère de temps à consacrer à la fillette.

— Il a perdu un bras, mais Caro peut arranger ça. Il nous faudrait du…

Elle se tourna vers la jeune femme, qui précisa :

— Du fil. Un gros fil de laine pour recoudre ce bras.

— Il y en a ici, oncle Jake ? Ça permettrait de réparer le pauvre Max…

Elle accompagna ces mots d'un regard suppliant et il éprouva de nouveau cette étrange sensation de malaise. C'était absurde qu'il soit responsable de cette enfant. Elle avait besoin de quelqu'un qui sache s'occuper d'elle, qui l'entoure d'affection, qui soit capable de l'aider à combler – ne serait-ce qu'un tout petit peu – le vide créé par la perte brutale de ses deux parents. Or il manquait, lui, cruellement d'expérience dans ce domaine.

— Ne t'inquiète pas, nous allons réussir à en trouver, lui répondit-il d'un ton convaincu.

Après quoi il s'accroupit auprès de sa nièce, prêt à inspecter de plus près la « blessure » de la peluche. Ce fut alors qu'un parfum épicé, sensuel, vint lui chatouiller les narines. Il inspira profondément et le regretta aussitôt, car cela suffit à mettre ses sens en éveil. Tourné vers Mlle Rivage, il remarqua qu'elle évitait son regard. Serait-elle consciente elle aussi de l'étrange courant qui passait entre eux ?

Quel *courant* ? C'était ridicule !

— Je vais appeler Lotte et lui demander si elle a de la laine, d'accord ?

La domestique, toujours très efficace, en trouverait bien dans la maison. Ou du moins saurait-elle comment s'en procurer.

— Il nous faudrait aussi une grosse aiguille, précisa la jeune femme.

Cette fois elle ne chercha pas à fuir son regard. Se livrerait-elle à des manœuvres de séduction dans le but d'obtenir le poste ? Si tel était le cas, elle ne manquerait pas d'être déçue !

Il en était là de ses pensées quand elle reporta son attention sur Ariane qui, un grand sourire aux lèvres, lui mit la peluche dans les bras. Jake constata, étonné, que ce sourire changeait totalement l'expression de son visage. Disparu l'air sage et raisonnable ! À présent, elle semblait au contraire déborder d'énergie, de joie de vivre.

— S'il te plaît, oncle Jake… Tu peux demander tout ça pour nous ?

— Bien sûr.

Il se redressa et utilisa la ligne interne pour joindre la domestique, avant de raccrocher, songeur.

L'entretien avec Mlle Rivage avait été pour le moins perturbé par l'arrivée de la fillette. Et ce n'était peut-être pas une mauvaise chose. Il cherchait une personne qualifiée, soit, mais aussi quelqu'un qui soit apte à entourer Ariane d'attentions, de toute la tendresse dont elle avait besoin. Quelqu'un dont l'enfant se sente proche. Et c'était exactement l'impression qu'elles donnaient en cet instant même, songea-t-il en les observant.

A priori, il ne souhaitait pas confier ce poste à Caro Rivage, mais Ariane avait réellement l'air d'apprécier sa présence. Donc, malgré ses doutes, il allait donner une chance à cette candidate. C'était bien le moins qu'il puisse faire pour sa nièce.

Ce fut alors que la fillette reprit la parole. Mlle Rivage attendit qu'elle se taise pour s'exprimer à son tour.

— Je pense que tu devrais parler en anglais, Ariane. Je doute que ton oncle soit très familiarisé avec l'ancillan, et ce n'est pas bien de l'exclure de notre conversation.

C'était là une remarque digne d'une gouvernante chevronnée. Cherchait-elle ainsi à lui montrer ses compétences ? Il s'en moquait bien. Une seule chose comptait pour lui : voir sa nièce sourire, paraître intéressée, alors qu'elle venait de passer des semaines entières enfermée dans son chagrin.

— *Exclure ?* répéta Ariane, les sourcils froncés.

— Ça veut dire tenir quelqu'un à l'écart, pour qu'il se sente seul. Ce n'est pas un comportement très agréable. Tu ne veux pas faire de peine à ton oncle, n'est-ce pas ?

La fillette secoua la tête, puis soupira.

— Mais j'aime bien parler avec vous. C'est comme si j'étais à la maison, avec ma…

Elle en resta là et baissa les paupières. À ce moment-là, Jake éprouva une violente envie de lui expliquer qu'elle pouvait parler en n'importe quelle langue ! Il voulait seulement qu'elle sorte de cette bulle d'immense tristesse où il avait du mal à l'atteindre.

Elle était sur le point de reprendre la parole quand Caro Rivage la devança.

— Tu as envie de parler ancillan, c'est normal. Mais tu pourras bientôt le faire aussi souvent que tu le voudras.

— Avec… vous ?

Face à ce petit visage qui reflétait le doute et le chagrin, Jake sentit son cœur se serrer. Il désirait plus que tout que sa nièce souffre le moins possible.

— On verra bien…

Il apprécia à sa juste valeur la réponse de Mlle Rivage. Celle-ci ne cherchait pas à jouer sur le désespoir de l'enfant en faisant des promesses qu'elle n'était pas sûre de pouvoir tenir.

Un bruit de pas retentit alors dans le couloir et la jeune femme se tourna vers la porte où venait d'apparaître la domestique.

— Voici Lotte, sans doute ?

Les bras croisés, Jake s'appuya à son bureau pour ne rien perdre de ce qui allait suivre. Comme il s'y attendait, Lotte était arrivée avec des fils en laine de plusieurs couleurs, des aiguilles de différentes tailles et une paire de ciseaux. Dès qu'elle eut rejoint Ariane, elle tendit les mains vers l'ours en peluche, prête à intervenir sans tarder. Mais la fillette fut prompte à réagir.

S'écartant afin que Max reste hors de portée de main de la domestique, elle s'exclama :

— Non, c'est Caro qui va l'opérer !

Il vit les deux femmes se jauger quelques secondes du regard, puis Caro Rivage demanda à la nouvelle arrivée la permission d'utiliser le matériel qu'elle avait apporté. Comme Lotte lui tendait le petit panier, elle en examina le contenu, tout en demandant des conseils à la domestique. Lorsqu'elles eurent décidé d'un commun accord qu'il fallait renforcer aussi l'autre bras de Max, elles étaient devenues presque amies…

En son for intérieur, Jake salua la performance de Mlle Rivage. Consciente d'empiéter sur le territoire de Lotte, elle avait adroitement œuvré pour s'en faire une alliée plutôt qu'une rivale. Et Lotte, qui jusque-là s'était beaucoup inquiétée pour Ariane, la couvant comme une poule n'ayant qu'un seul poussin, souriait à la fillette et lui disait avec enthousiasme que Max serait bientôt comme neuf.

Décidément, la candidate ne manquait pas d'habileté ! Elle paraissait très douée pour adapter son comportement à la situation, ainsi qu'à la personnalité des gens auxquels elle avait affaire. Était-ce pour cette raison qu'elle baissait parfois les yeux en sa présence ? Cherchait-elle ainsi à lui prouver qu'elle serait parfaite pour Ariane ? Ce qui ne l'empêchait pas, à d'autres moments, de soutenir son regard.

Étrange attitude…

En dépit du calme qu'elle affichait, il percevait en elle une certaine tension. De toute évidence, Caro Rivage souhaitait se voir confier ce poste. Traverserait-elle une période difficile d'un point de vue financier ? Si sa tenue ne présentait pas grand intérêt, elle semblait toutefois neuve. Peut-être voulait-elle juste ajouter cette expérience non négligeable à son CV, ce qui lui ouvrirait par la suite bon nombre de portes ?

Cette hypothèse procura à Jake un effet apaisant. C'était bien normal qu'elle veuille travailler pour le ponte de la finance qu'il était ! Cela représenterait pour elle une référence de tout premier choix. Le vague sentiment de malaise qu'elle avait suscité en lui se dissipa totalement. Bien que limitées, ses références étaient bonnes, et elle avait aussi un casier judiciaire vierge.

— Max a l'air tout neuf, maintenant, murmura-t-il alors qu'elle tendait à la fillette l'ours parfaitement réparé.

— Oh merci, Caro !

Jake crut qu'Ariane allait embrasser la jeune femme, mais au lieu de cela, elle serra dans ses bras la peluche sous l'œil attendri de Lotte. Ce fut le moment qu'il choisit pour intervenir :

— Vous voulez bien préparer une petite collation pour Ariane, s'il vous plaît, Lotte ? Pendant ce temps, je poursuivrai mon entretien avec Mlle Rivage.

Ariane n'étant guère disposée à quitter les lieux, il fallut user de divers stratagèmes pour la convaincre, mais finalement ils se retrouvèrent seuls. Jake observa la jeune femme tandis qu'elle se redressait et la vit croiser et décroiser nerveusement les doigts avant de laisser ses bras retomber le long du corps. Leurs regards se rencontrèrent et il eut la curieuse impression que ces grands yeux sombres se vidaient de toute expression. À croire que, quand ils étaient en tête à tête, elle se gardait d'afficher la moindre émotion.

— Voulez-vous que je reprenne ma place ? demanda-t-elle, le menton pointé vers le fauteuil qu'elle occupait un peu plus tôt.

— Non. Notre entretien est terminé.

Si le son de cette voix profonde lui avait d'abord procuré un léger frisson, les derniers mots prononcés par Jake Maynard l'anéantirent. Elle sentit sa gorge se nouer, et eut soudain du mal à respirer.

C'était impossible ! Il ne pouvait tout de même pas lui demander si vite de quitter les lieux ? Ils n'avaient échangé que quelques phrases avant d'être interrompus.

Au prix d'un effort qui lui parut insurmontable, elle parvint à retrouver l'usage de la parole.

— Je pense que… vous devriez réfléchir, monsieur Maynard, articula-t-elle d'une voix mal assurée.

— Réfléchir ? répéta-t-il avec un petit sourire en coin. Vous ignorez tout de ma décision et vous me suggérez de réfléchir ?

Ces mots firent jaillir en Caro une bouffée de colère. Ses proches s'étaient si souvent moqués d'elle quand elle était enfant que la moindre raillerie l'exaspérait. À la fois timide et différente des autres membres de sa famille, elle avait représenté pour eux une proie rêvée. C'était certes davantage sa belle-mère que ses demi-frères qui avait tout mis en œuvre pour qu'elle se sente étrangère au sein du cercle familial.

Quoi qu'il en soit, ces blessures peinaient à cicatriser. Jamais elle n'oublierait l'expression de son père qui, un sourcil levé, lui reprochait de se montrer trop sensible. Jamais !

Les pieds fermement plantés dans le sol, elle fixa son interlocuteur.

— En effet… Mais peut-être aurez-vous la gentillesse de m'éclairer ?

Son père aurait été fier de l'entendre s'exprimer sur ce ton, à la fois posé et distant. En face d'elle, Jake Maynard fronça légèrement les sourcils, mais elle ne changea pas pour autant d'attitude.

— Bien sûr, dit-il enfin. J'ai réfléchi, et suis prêt à vous proposer de rester ici ce soir. Ce serait une sorte de mini-période d'essai.

Caro retint son souffle. Heureusement, les années passées à s'efforcer de toujours donner une image parfaite d'elle-même l'aidèrent à tenir bon. Comme elle restait immobile et silencieuse, elle entendit une voix qui lui parut lointaine préciser qu'il ne s'agissait pas d'une promesse d'embauche.

— Eh bien, mademoiselle Rivage ? insista Jake Maynard, vous ne me répondez pas… Dois-je interpréter cela comme un refus ?

Ces mots la firent aussitôt réagir. Secouant la tête, elle s'éclaircit la voix et se ressaisit en toute hâte.

— Du tout, monsieur Maynard. Je serai ravie de passer la nuit ici et de prendre ainsi le temps de connaître un peu mieux Ariane.

— Très bien.

Il hocha la tête, mais ne sourit pas. À vrai dire, songea Caro, il ne semblait guère se réjouir qu'elle ait accepté sa proposition. Peut-être était-il tellement habitué à ce que les gens accèdent à ses demandes qu'il n'y prêtait plus du tout attention ? Dans ce cas, il considérait sans doute normal qu'une personne se présentant pour un entretien d'embauche doive changer son planning à la toute dernière minute. Par chance, la valise qu'elle avait prise pour se rendre en Suisse se trouvait dans la voiture de location garée dans la cour.

— Dans ce cas, reprit-il, je vais demander à mon secrétaire de rédiger un simple accord qui nous couvre vous et moi en cas d'accident.

Jake Maynard était décidément un véritable homme d'affaires, songea-t-elle. Pas un seul instant cette préoccupation ne lui aurait traversé l'esprit, à elle. Mais elle devait bien admettre qu'elle ne se trouvait pas dans son état normal. Les pensées se bousculaient en elle, anéantissant toute forme de lucidité.

Le cœur battant à tout rompre, elle le regarda s'éloigner pour rejoindre le bureau de son assistant et se rapprocha du mur pour s'y adosser. À la fois folle de joie et dévorée par l'anxiété, elle serra les paupières.

Elle avait à présent une chance d'être auprès d'Ariane. *Ariane,* sa fille perdue depuis trop longtemps.

3.

— Non, non, tout se passe à merveille, monsieur Maynard. Cette jeune personne a l'air parfaite pour Ariane. Ça fait vraiment du bien de voir cette petite sourire.

La domestique, qui répondait à son appel sur la ligne interne, paraissait réellement soulagée. Serait-ce dû au fait qu'elle pouvait désormais se consacrer aux tâches qui lui incombaient, sans devoir s'occuper de l'enfant ? Il se reprocha aussitôt cette pensée. Lotte avait une indéniable affection pour la fillette et il savait qu'elle se réjouissait de la voir heureuse.

Tout comme lui. Même si, à quoi bon le nier, il aurait bien aimé que sa nièce se comporte avec lui comme avec cette jeune personne qu'elle connaissait depuis quelques heures à peine. La mine renfrognée, il remercia Lotte et raccrocha. Il n'était pas jaloux. L'idée en soi était absurde.

— Alors, est-ce qu'il y a du drame dans l'air ? lança Neil, quittant du regard l'écran de l'ordinateur sur lequel il travaillait.

— Apparemment pas.

Le secrétaire hocha la tête.

— Rien d'étonnant. Mlle Rivage m'a tout de suite fait bonne impression.

— C'est ce que vous m'avez dit, mais vous ne m'en voudrez pas si je préfère ne pas me fier à de simples impressions pour tout ce qui touche à Ariane.

Jake voulait de solides preuves concernant l'aptitude de Caro Rivage à prendre soin de sa nièce. Deux heures passées à la faire sourire ne suffisaient pas à l'assurer du bien-être de la fillette en sa présence.

— Elle ne vous plaît pas ?

En entendant cette question pour le moins directe, Jake réfléchit. Pour être tout à fait sincère, il espérait voir cet essai d'une nuit se solder par un échec. Pas très fier de ce genre de pensée, il essaya d'en trouver la cause. Or il n'y en avait aucune. Juste un pressentiment qu'il avait du mal à expliquer.

Songeur, il se passa la main sur le menton. Il avait pour habitude de se fier à son instinct, ce qui jusqu'ici s'était toujours révélé bon. Cela lui avait sauvé la vie, à l'époque lointaine où il était dans l'armée. Cela lui était aussi d'une aide considérable depuis qu'il était entré dans le milieu de la finance. Sans cet instinct, il aurait pu se laisser attirer par des investissements en apparence très attractifs qui auraient eu des conséquences désastreuses.

— Je réserve mon jugement, répondit-il d'un ton calme.

Ce qui n'était pas faux, se dit-il. En général, il se faisait assez rapidement une opinion sur les gens qu'il rencontrait, considérant ne pas avoir de temps à perdre. Mais ce n'était pas si simple, avec Caro Rivage. Et cette difficulté à la cerner le rendait méfiant.

D'ordinaire, il jugeait vite les femmes que le destin plaçait sur son chemin. Il les savait intéressées par son argent, son pouvoir, son physique… Voire les trois ! À ce stade de ses pensées, il serra les lèvres. Comment était-ce possible qu'il ait cru Fiona, sa dernière conquête, différente ? Parce que leur liaison avait duré plus longtemps ? Ce n'était pourtant pas quelqu'un de recommandable et elle ne lui manquait pas ! Il éprouvait même une sorte de dégoût quand il pensait à elle.

L'attitude qu'elle avait eue envers Ariane avait scellé son sort. Elle était désormais repartie en Angleterre retrouver ses amis, lesquels appartenaient tous à une catégorie sociale privilégiée. À moins qu'elle n'ait entrepris une croisière sur la Riviera, en quête de celui qui le remplacerait…

Comment avait-il pu envisager, ne serait-ce qu'une seconde, une relation à long terme avec cette femme ? Son nom, son accent et son vocabulaire précieux, son penchant non déguisé pour les représentants de ladite bonne société… Tout cela aurait dû l'inciter à se tenir sur ses gardes, mais elle était si séduisante, paraissait si naturelle qu'il n'y avait pas prêté attention. Il s'était laissé séduire par sa beauté, son esprit vif, son sens de l'humour et aussi par la richesse de leurs relations physiques.

Qui sait, sa sœur ne se trompait peut-être pas en affirmant qu'il commençait à se lasser des aventures sans lendemain et cherchait une relation plus stable ? D'autant que Fiona paraissait elle aussi prête à s'engager.

Et puis Ariane était arrivée, et elle avait alors tenu des propos insoutenables, déclarant que la fillette deviendrait un élément « encombrant » lorsqu'ils fonderaient leur propre famille.

L'honorable Fiona Petrie-Mathieson était une snob de la pire espèce. Au lieu de l'épauler quand il avait dû accueillir sa nièce après le terrible accident, elle s'était focalisée sur le fait qu'Ariane soit une enfant adoptée, la qualifiant même de « bébé anonyme », insistant sur le fait qu'on ignorait tout de ses parents. Bien entendu, cette chère Fiona ne pouvait en aucun cas établir des liens avec quelqu'un d'aussi différent d'elle-même. Elle était allée jusqu'à suggérer qu'Ariane soit placée dans un orphelinat avec d'autres enfants ayant subi le même sort qu'elle.

— Inutile de prendre cet air féroce, chef ! plaisanta Neil en levant les bras, comme s'il était prêt à se rendre.

Jake le dévisagea, un sourire au coin des lèvres.

— Vous exagérez un peu, non ?

— À peine !

Jake laissa échapper un petit rire. Neil et lui travaillaient ensemble depuis des années et il appréciait tout autant l'efficacité de son collaborateur que son caractère bien trempé. Il le savait également doté d'une excellente capacité d'analyse.

— Est-ce qu'elle vous plaît, à vous ? demanda-t-il.

— Comme je vous l'ai dit, je crois qu'elle sera parfaite pour ce poste.

— Ce n'est pas la question que je vous ai posée, Neil. Que pensez-vous de son comportement ? Est-ce qu'elle vous inspire confiance ?

La mine soudain sérieuse, Neil le fixa.

— Vous avez l'air *vraiment* inquiet.

Il ne répondit pas et, immobile, attendit que son secrétaire reprenne la parole, ce qu'il ne tarda pas à faire.

— Eh bien… Je n'ai pas trop eu le temps de parler avec elle, mais elle m'a paru charmante. Un peu nerveuse, bien sûr, pendant qu'elle attendait que vous la receviez dans votre bureau. Elle m'a donné l'impression d'être sincère, n'en faisant ni trop ni pas assez. Et elle a un beau sourire.

— *Un beau sourire ?* répéta Jake en levant les yeux au ciel. Drôle d'argument ! Heureusement que c'est moi qui suis censé trouver la perle rare, pas vous.

Neil haussa les épaules.

— Vous m'avez demandé mon avis, je vous le donne. Une chose est sûre, je la préfère à celle qui se vante d'être doublement diplômée. C'est bien beau de connaître des théories sur le développement de l'enfant, mais de là à savoir comment réagir quand on a affaire à une fillette qui a le mal des transports…

Jake pensa à ce trajet en voiture à travers les Alpes, durant lequel il avait découvert que sa nièce souffrait de ce mal.

— Pas faux, observa-t-il, se dirigeant vers la porte. Bien, je vous laisse terminer ce rapport. Je vais voir comment se comporte cette potentielle nounou.

Il était sur le point de quitter la pièce quand Neil reprit la parole :

— Il y a aussi autre chose que j'ai remarqué chez Mlle Rivage.

Comme il s'arrêtait net et se tournait vers son assistant, celui-ci précisa :

— Elle a des jambes extraordinaires !

Ce fut sur ces jambes que se posa le regard de Jake dès qu'il eut passé le seuil de la salle de jeux. Le sol de la pièce était recouvert de tapis, et les sièges alignés contre le mur, parsemés de poupées et coussins de couleur. Mais il ne prêta aucune attention à ce décor aménagé ainsi depuis l'arrivée de la fillette. Il était médusé par la vue de Caro Rivage, juchée sur un petit tabouret, les bras dressés vers des étagères.

Médusé surtout par le spectacle de ces jambes, longues, fines… *extraordinaires* ! Neil avait eu raison d'employer ce terme pour les définir.

Elle s'était déchaussée et se tenait sur la pointe des pieds, ce qui soulignait le galbe de ses mollets. Elle avait aussi enlevé la veste de son tailleur et il ressentit un curieux tiraillement au creux de l'estomac en voyant l'étoffe blanche de son chemisier se tendre sur ses seins. Incapable de s'en empêcher, il laissa son regard s'attarder sur les rondeurs de sa poitrine, de ses hanches.

Si la veste du tailleur choisi pour l'entretien lui donnait une allure stricte, cachant en partie ses charmes, la jeune femme paraissait à présent très séduisante. *Trop* séduisante. D'ailleurs, pourquoi se mentir ? Même dans cette tenue assez sévère, il l'avait trouvée étrangement attirante…

Après le départ de Fiona, il n'avait eu aucun mal à ignorer le sexe opposé. Au moment où cette pensée lui traversait l'esprit, le mot « sexe » le fit tressaillir. C'était bien ce qu'éveillait en lui Caro Rivage : un intérêt purement physique.

À ce moment-là, elle pivota sur le côté, en un mouvement tout à fait naturel qui eut sur lui un terrible effet. Les yeux rivés sur ses hanches, il se prit à l'imaginer allongée sur un lit. Ce qui était absurde, car elle ne ressemblait en rien aux femmes qui lui plaisaient d'habitude, et de plus, il n'était pas sûr de pouvoir lui faire confiance.

Et pourtant elle l'attirait !

Comme si cela ne suffisait pas, il était aussi tenté de lui donner une chance auprès de sa nièce qui semblait réellement apprécier sa présence. Il n'aimait pas se sentir forcé à prendre une décision, mais depuis la perte de ses parents, la petite Ariane s'était tenue à l'écart de tout le monde, excepté de son ours en peluche.

De ce fait, avait-il le choix ? Pas vraiment.

Comme la jeune femme poussait un petit soupir agacé, il s'entendit demander :

— Avez-vous besoin d'aide, mademoiselle Rivage ?

Les tapis étouffant les bruits de pas, Caro n'avait pas entendu arriver le maître des lieux. Sa voix grave la fit sursauter et elle manqua perdre l'équilibre sur le petit tabouret. Une soudaine sensation de chaleur l'envahit tandis que deux mains se posaient sur ses hanches pour la retenir. Jake Maynard se tenait tout près d'elle. Si près qu'elle sentait les notes d'agrumes de son eau de toilette. Les paupières mi-closes, elle se laissa un instant griser par ce parfum, par la proximité de ce corps masculin.

Puis elle se rappela que cet individu était l'oncle d'Ariane, un employeur potentiel, et pour finir un obstacle de taille à surmonter. Elle ne pouvait pas voir en lui quelqu'un de désirable. D'ailleurs, aucun homme ne lui avait inspiré le moindre attrait depuis des années. Depuis que Mike l'avait amadouée avec ses sourires et ses attentions, avant de l'anéantir en la trahissant.

La gorge nouée, elle baissa les yeux sur celui qui, tout près d'elle, la dévorait du regard, et sentit alors une vague de chaleur monter en elle.

— Vous… pouvez me lâcher, articula-t-elle d'une voix mal assurée. Je ne vais pas tomber.

Comme il continuait de la fixer, elle se demanda s'il l'avait entendue. Ce fut alors qu'il reprit la parole :

— Mieux vaut quand même éviter tout risque. Dites-moi ce que vous cherchiez, je vous le donnerai.

Sans plus attendre, il accentua la pression de ses doigts sur sa taille et la souleva du tabouret avant de la poser sur le sol. Entre ses mains, elle avait eu l'impression d'être aussi légère qu'une plume, et cette sensation grisante n'avait fait qu'accentuer le trouble qui s'était emparé d'elle.

Très vite, elle recula d'un pas et, croyant qu'elle perdait l'équilibre, il tendit la main vers elle. Mais elle s'empressa de reculer encore, puis se tourna vers Ariane qui, assise sur le tapis, était toujours concentrée sur son puzzle. Jake Maynard était entré dans la pièce depuis quelques instants à peine et, en ce bref laps de temps, il avait réussi à semer le désordre dans son esprit.

Non. Elle était plus forte que cela. Aucun homme ne ferait chavirer ses plans.

— Merci, monsieur Maynard. Il y a un puzzle que nous aimerions bien faire, dit-elle, le doigt pointé sur la dernière étagère. Si vous voulez bien m'aider…

Il atteignit la boîte sans le moindre mal, ce qu'elle aurait fait elle-même s'il n'avait soudain surgi devant elle. Mais au lieu de la lui tendre, il se tourna vers sa nièce.

— Tu aimes les puzzles, Ariane ? demanda-t-il en se penchant vers la fillette afin de poser la boîte à côté d'elle.

Caro remarqua une certaine tension dans la façon dont il se tenait, mais qui disparut sur-le-champ quand l'enfant acquiesça et répondit :

— Oui, beaucoup !

La jeune femme cligna les paupières. Derrière cette apparente rigueur, ce tempérament exigeant, se cachait peut-être un autre homme. Un homme qui de toute évidence se souciait beaucoup du sort de sa nièce. Il s'installa à côté d'elle avec des gestes naturels mais prudents, comme s'il cherchait à ne surtout pas l'effrayer. Ariane, elle, ne changea pas de position. Elle ne tenta pas plus de s'écarter que de se rapprocher de celui qui était son oncle.

Quel genre de relation existait-il entre Jake Maynard

et l'enfant ? Tout en repoussant le petit tabouret contre le mur, elle les observa. Ils semblaient tous deux se tenir sur leurs gardes, mais sans animosité.

Caro se sentit soulagée. En tout cas, Ariane ne paraissait pas craindre son oncle. Dans le cas contraire… Eh bien, elle ne savait pas trop ce qu'elle aurait fait, mais une chose était sûre, elle se serait sentie obligée d'intervenir. Elle avait déjà un mal fou à contenir son envie de révéler les véritables liens qui l'unissaient à la fillette.

Qu'adviendrait-il si elle cédait à ce désir ? Ariane se précipiterait-elle vers elle, se réfugierait-elle dans ses bras ouverts comme si rien ni personne ne les avait jamais séparées ? Et ensuite, que se produirait-il ? Comment réagirait Jake Maynard ?

Il était évident qu'il ne renoncerait pas facilement à la garde de sa nièce. Mieux valait éviter de compliquer davantage encore la situation – et risquer ainsi de perdre une fois encore Ariane.

De plus, si elle dévoilait ce qui était jusque-là un secret, et non des moindres, Ariane en serait sans aucun doute très perturbée. Elle se demanderait pourquoi cette femme, dont elle ignorait tout quelques heures à peine plus tôt, prétendait être sa mère. Quant à Jake Maynard, furieux, il lui demanderait de quitter sur-le-champ le château. Il la prendrait pour une folle ! Et même si, par miracle, elle réussissait à le convaincre qu'elle ne mentait pas, il lui interdirait de rester là.

Elle avait bien remarqué sa méfiance envers tout ce qui touchait à sa nièce, son besoin inné de la protéger. S'il soupçonnait ne serait-ce qu'une infime partie de la vérité, elle ne reverrait pas de sitôt Ariane. Les procès s'enchaîneraient et les années passeraient.

Caro réprima un frisson. Elle aurait dû forger un plan avant de venir, analyser toute éventualité, ne rien laisser au hasard. Mais quand l'occasion s'était présentée, elle s'était empressée de la saisir. Elle avait une telle hâte de voir Ariane !

À présent, elle devait se montrer patiente. Avancer pas à pas, prendre le temps de gagner la confiance de la fillette et surtout celle de son oncle. Il fallait qu'elle réfléchisse à la façon la plus raisonnable de gérer la situation afin d'éviter tout risque.

Même si Jake Maynard n'avait pas une relation très intime avec sa nièce, il y était attaché. Et elle ne se trouvait en ce moment au château que parce qu'il avait remarqué que s'était tissé entre Ariane et elle un lien, essentiellement parce qu'elles pouvaient échanger dans la même langue, même s'il lui en coûtait de l'admettre. Même si, émue comme elle l'était, elle se serait sentie prête à lancer des feux d'artifice pour célébrer l'événement !

Soudain, le caractère exceptionnel de cette situation la mit mal à l'aise. Elle se sentit vidée de toutes ses forces et, d'instinct, porta la main à son ventre, comme pour protéger l'enfant qu'elle portait et qu'on cherchait à lui arracher. Puis se laissa tomber sur le siège le plus proche.

Ariane redressa la tête et balaya la pièce du regard puis, manifestement rassurée par sa présence, elle se replongea dans l'assemblage du puzzle. Concentré lui aussi sur le jeu, Jake Maynard n'avait rien remarqué.

Caro lâcha un petit soupir de soulagement et passa de nouveau la main sur son ventre. Non, c'était impossible qu'elle ressente la moindre douleur. Plus de quatre ans s'étaient écoulés depuis cet accouchement qui s'était déroulé sous le signe de la souffrance. Il n'en restait pas moins que, en ce moment même, de fortes crampes lui nouaient l'estomac. À vrai dire, tous les muscles de son corps étaient tendus.

Il faudrait qu'elle prenne un jour le temps d'affronter le véritable responsable de tout cela…

Mais pas aujourd'hui. Aujourd'hui, elle venait de retrouver sa fille et rien d'autre ne comptait. Elle ferait tout son possible pour rester auprès de cette enfant et ne permettrait à rien ni à personne, pas même à Jake Maynard, de s'interposer.

Glissant les doigts dans son épaisse chevelure brune, Jake se laissa aller contre le dossier du fauteuil. Il n'était pas mécontent que cette longue soirée de travail soit terminée.

Pivotant sur son siège, il examina les tapisseries qui recouvraient les murs du château et se surprit à sourire. Ce décor ne ressemblait en rien à celui qui l'entourait habituellement. Pourtant, il devait bien admettre que ce lieu prestigieux avait attiré certains acteurs clés, suite au sommet qui s'était déroulé dans une proche vallée. Cela avait eu un effet positif sur ses projets, mais pas autant qu'il l'aurait souhaité. Il y avait encore du chemin à parcourir, songea-t-il en se frottant le menton.

Il n'envisageait pas pour l'heure de quitter l'Europe, car il souhaitait rester auprès de sa nièce. Il avait pensé retourner avec elle à Sainte Ancilla pour une simple visite, mais hésitait encore, redoutant que cela ne la replonge dans le profond état de choc dans lequel elle s'était trouvée à l'hôpital.

Elle avait besoin de temps, et lui des conseils d'un spécialiste. En attendant, ils continueraient de loger là. Ce château, loué par le biais d'une connaissance, était un endroit parfait pour éviter qu'Ariane ne se retrouve sous les feux des projecteurs. Si d'autres journalistes se présentaient, il donnerait tout simplement l'ordre de lever le pont-levis.

Il remarqua alors un brin de laine par terre. Il avait dû tomber de l'ours en peluche, « opéré » depuis peu par Lotte et Caro Rivage. Caro Rivage, à qui il avait proposé de passer la nuit au château. Cela semblait à peine croyable. Il avait offert cette chance à la moins qualifiée de toutes les candidates !

Il se leva et, songeur, fit quelques pas dans la pièce. La jeune femme avait certes de bonnes références ainsi qu'un casier judiciaire vierge. Comme indiqué dans son dossier, elle avait aussi de l'expérience avec les enfants et aimait s'en occuper. C'était une personne appréciée de ses employeurs, qui la recommandaient tous. Il y avait toutefois en elle quelque chose qui l'incitait à la prudence. Si seulement il avait pu déceler l'origine de ce « quelque chose ».

Jake soupira et avança vers la fenêtre. Sous le ciel étoilé, il apercevait les sommets blancs des hautes montagnes environnantes. Plongé dans ses pensées, il restait pourtant imperméable à la beauté majestueuse du paysage. Comment aurait-il pu renvoyer Mlle Rivage chez elle après avoir vu Ariane sourire, et constaté qu'elle appréciait cette présence ?

Il baissa les yeux sur sa montre. Bientôt minuit. Sans hésiter, il éteignit le babyphone qui ne diffusait plus depuis longtemps le moindre bruit, signe que la fillette dormait profondément. Mais il avait coutume de s'en assurer avant de regagner sa propre chambre.

Quelques instants plus tard, il franchissait donc le seuil de la pièce réservée à l'enfant. À la lueur d'une lampe de chevet, il la vit recroquevillée sur elle-même, son pouce dans la bouche. Elle gardait serré contre elle Max, son ours en peluche. Face à ce spectacle d'une immense tendresse, Jake sentit son cœur se serrer.

Connie, sa sœur, n'avait pas mis Ariane au monde, mais Jake considérait cette enfant comme *sa nièce*, aucun doute là-dessus. L'amour infini de sa sœur pour ce petit être aux cheveux flamboyants l'avait incité à l'aimer au premier regard. Et il regrettait à présent de ne pas avoir su lui manifester avant cet amour. Durant les quatre ans et demi qui venaient de s'écouler, occupé comme il l'était par ses nombreux projets, il n'avait consacré que très peu de temps à sa famille. S'il pensait toujours à téléphoner à ses proches lorsqu'il se trouvait aux quatre coins du monde, ses visites n'en restaient pas moins assez rares, et surtout brèves.

Comment aurait-il pu imaginer que Connie perdrait la vie si jeune et de façon aussi brutale ?

Tandis qu'affluaient les souvenirs de cette sœur aînée qui avait traversé le monde pour rejoindre celui qu'elle aimait, il ressentit un vif pincement au cœur qui lui était devenu familier. Après l'avoir vue lutter dans sa jeunesse, il avait été soulagé qu'elle s'installe avec un « type bien » sous tous rapports.

Jake recula d'un pas, prêt à regagner sa propre chambre. Il était sur le point de quitter la pièce quand son regard fut attiré par une silhouette qu'il n'avait pas remarquée jusque-là parce qu'elle était totalement immobile, figée dans un fauteuil. À trois mètres de lui, Caro Rivage ressemblait à une statue tournée vers la fillette.

Il n'y avait certes rien d'étonnant à ce qu'une nounou se trouve dans la chambre de l'enfant qui lui était confié, mais il pressentait quelque chose de… *bizarre*. Quelque chose qui, cette fois encore, l'incitait à la méfiance.

— Que faites-vous ici ? lui demanda-t-il à voix basse afin de ne pas réveiller Ariane.

La jeune femme sursauta et porta la main à son cœur. Ses grands yeux noirs reflétaient la détresse, elle paraissait perdue. L'expression désemparée de ce ravissant visage ne pouvait en aucun cas être celle de quelqu'un qui s'apprêtait à jouer un mauvais tour, songea-t-il, se sentant soudain vaguement coupable de l'avoir un instant soupçonnée.

Il la vit baisser les paupières et s'aperçut qu'elle inspirait profondément, avant de se lever pour traverser la pièce. Comme elle s'arrêtait juste devant lui, il ressentit une fois de plus une forte attirance pour elle.

— Je veillais sur Ariane, chuchota-t-elle.

Après avoir lancé un regard à sa nièce qui dormait toujours, il invita la jeune femme à le suivre dans le couloir. Sous la lumière plus forte du hall, il constata que son expression était redevenue impénétrable, ce qui raviva sa défiance.

— Quelques minutes auraient dû suffire pour vous assurer qu'Ariane avait bien trouvé le sommeil. Apparemment, vous étiez là depuis un certain temps. Pourquoi ?

Il s'aperçut alors qu'elle était très pâle et qu'elle avait les traits tendus, ce qui eut pour effet immédiat de refouler toute suspicion en lui.

— Que se passe-t-il, Caro ?

— Rien.

Elle esquissa un semblant de sourire avant d'enchaîner :

— Rien du tout. Avant de me coucher, j'ai voulu venir vérifier qu'Ariane dormait toujours. Elle traverse une période difficile, et dans la mesure où j'ai cru comprendre qu'il lui arrivait de faire des cauchemars…

Caro hésita, puis écarta les bras, ajoutant d'une voix tendue :

— C'est dans ce seul but que je suis revenue dans sa chambre.

Il l'observa tandis qu'elle prononçait ces mots et cette fois ne douta pas un instant de sa sincérité. Elle se souciait réellement du sort de la fillette. Soit, mais cela ne le rassurait pas tout à fait pour autant. Il y avait en Caro Rivage bon nombre d'éléments qui l'intriguaient. Il percevait en elle une hypersensibilité face aux enfants. Or cela ne pouvait pas être lié à Ariane, qu'elle venait tout juste de rencontrer. Aurait-elle perdu un petit être qui lui était cher ? Par mort subite ? Maladie ? Accident ?

Un brusque élan de sympathie pour la jeune femme l'incita à se rapprocher d'elle. Il fit un pas dans sa direction, puis s'immobilisa.

— Allez vous reposer, maintenant. Ma chambre jouxtant celle d'Ariane, je l'entendrai si elle se réveille.

S'il lui confiait le poste, elle dormirait elle aussi près de la chambre de la fillette. Mais il était encore trop tôt pour penser à cela.

Elle hocha la tête.

— Bonne nuit, monsieur Maynard.

— Bonne nuit, mademoiselle Rivage.

Lorsqu'elle eut disparu au fond du couloir, Jake se passa lentement la main sur le visage. Il avait failli la prendre dans ses bras, la tenir serrée contre lui jusqu'à ce qu'il la sente apaisée. Il revint sur ses pas et, près du lit d'Ariane, observa la silhouette menue, toujours recroquevillée sur elle-même.

Il avait découvert plusieurs choses, ce soir-là. Tout d'abord, que Caro Rivage souhaitait vraiment s'occuper de sa nièce. Ensuite, qu'elle semblait porter un lourd fardeau, comme en témoignait la détresse qu'il avait décelée en elle un peu plus tôt. Il avait aussi constaté qu'il l'aurait volontiers enlacée, pour lui apporter du réconfort.

Dans ce seul but ? Non. Pourquoi se mentir ? Il avait eu envie de la consoler, mais aussi de sentir son corps pressé contre le sien. Envie de la caresser, de l'embrasser…

C'était absurde ! Une fois de plus, il se répéta que Caro Rivage ne ressemblait nullement aux femmes qui l'attiraient d'ordinaire. Ce qui ne l'avait pas empêché de garder les yeux rivés sur ses hanches tandis qu'elle s'éloignait dans le couloir.

Décidément, l'arrivée de la jeune femme au château posait un certain nombre de problèmes. Mais vu que le bien-être d'Ariane était en jeu…

Le bien-être d'Ariane ? Vraiment ?

Contrarié, il s'empressa de regagner sa chambre.

4.

— Désolée de ne pas avoir de meilleures nouvelles, Caro, mais cette affaire est un véritable champ de mines.

En dépit de l'heure matinale, la voix de Zoé était nette et précise. Comptant parmi les meilleurs avocats de Sainte Ancilla, elle avait pour habitude d'entrer dans le vif du sujet, aussi complexe soit-il.

— Il est probable que cela devienne une longue bataille judiciaire, à moins que les deux parties ne parviennent à trouver un accord.

Cette phrase fit à Caro l'effet d'une douche glaciale. Sans un mot, elle s'agrippa à l'un des montants en bois sculpté du lit à baldaquin. En voyant s'afficher sur l'écran de son portable le numéro de téléphone de Zoé, elle s'était pourtant réjouie. Celle-ci aurait-elle trouvé un moyen miraculeux de réchapper à ce qui promettait d'être un cauchemar juridique ?

Elle pinça les lèvres. Sa vie s'était-elle jamais déroulée comme elle l'espérait ? Souhaiter de tout son cœur que quelque chose se réalise ne suffisait pas, elle avait eu à maintes reprises l'occasion de le constater. Elle aurait tant voulu grandir dans une famille heureuse, rencontrer un homme qui l'aime, pouvoir chérir son enfant… Mais, quels que soient ses efforts, rien de tout cela ne s'était produit.

Il était grand temps que la roue tourne ! Elle était désormais prête à tout mettre en œuvre pour que son rêve devienne réalité.

Derrière la vitre se dessinaient les cimes des hautes

montagnes enneigées. Ce paysage grandiose reflétait la paix. L'inverse de ce qu'était sa vie en ce moment.

— Cette adoption n'était pas légale, s'entendit-elle déclarer. Comment aurait-elle pu l'être alors que je n'avais pas donné mon consentement ?

Elle ferma les yeux, submergée par les souvenirs qui la hantaient depuis des années. L'épuisement, le mélange de douleur et de peur, ponctué de terribles moments de lucidité. La prise de conscience : quelque chose ne s'était pas déroulé de façon normale au cours de l'accouchement. La vague de chagrin… et puis plus rien. Juste une sensation de vide, tandis que les médicaments faisaient effet, l'anéantissant.

— C'est sur ce point-là que j'essaie de mener mon enquête. Mais ça n'est pas très facile.

Caro serra les mâchoires. Elle saisissait le sens de ce que l'avocate évitait de formuler : elle allait se heurter à un mur impénétrable de déni lorsqu'elle chercherait à en savoir davantage. Le père de Caro avait tiré les ficelles pour organiser cette adoption. C'était un homme qui n'avait pas son pareil pour arriver à ses fins. Et pour autant qu'elle sache, personne n'avait jamais eu les moyens, financiers ou autres, de lui barrer la route.

Jusqu'ici, du moins. Car cette affaire était allée trop loin.

Parfois, lorsqu'elle se laissait gagner par le désespoir, elle envisageait d'aller le trouver pour lui demander des comptes. Mais elle savait que ce serait peine perdue. Elle avait autant de chances de l'emporter qu'un moucheron face à un taureau ! Il la renverrait et, grâce à son pouvoir considérable, s'empresserait de faire disparaître le problème. Après quoi elle ne se trouverait plus seule face à *un* homme puissant, mais à *deux*. Mieux valait donc se montrer raisonnable et attendre le moment propice.

— Difficile ou pas, il doit bien exister un moyen d'avancer ! Je voudrais éviter un procès interminable. Pour le bien d'Ariane, essentiellement.

— Il semblerait que les deux parties soient en mesure de faire valoir leurs droits sur l'enfant.

Cette « enfant » est ma fille !

Sur le point de protester avec virulence, Caro ravala sa colère. En qualité d'avocate, Zoé se bornait à l'informer de ses droits et de ceux de la partie adverse.

— Je vous conseille de parler avec son tuteur, poursuivit celle-ci. De chercher à négocier. Vous réussirez peut-être à trouver un terrain d'entente.

Négocier avec Jake Maynard, personnage mondialement connu dans l'univers de la finance, qui avait coutume de traiter avec les plus grosses entreprises internationales ? À en croire la rumeur, il serait d'ailleurs venu en Suisse pour assister à des réunions secrètes avec des chefs de gouvernement venus là incognito. Trouver un terrain d'entente avec ce personnage ? Voyons, elle ne lui arrivait pas à la cheville ! Il la mettrait à la porte avant même qu'elle n'ait fini de lui exposer le motif de sa présence.

Et qu'adviendrait-il d'elle, alors ? Elle était prête à tout pour obtenir la garde de sa fille, mais quelles étaient ses chances face à cet homme habitué à traiter avec des sommités ?

Elle ne put contrôler un long soupir que l'avocate entendit.

— Pas tout de suite, précisa aussitôt Zoé. Pas avant que j'aie pu vérifier les conditions dans lesquelles s'est déroulée l'adoption et estimé sa valeur juridique. Ce, d'autant plus qu'Ariane a quitté Sainte Ancilla, à présent. Des procédures différentes peuvent compliquer la situation.

— Comme si elle ne l'était déjà pas assez comme ça !

— Nous l'avons toujours su, depuis le tout début, observa l'avocate d'un ton neutre.

Elle attendit quelques secondes avant d'ajouter :

— Vous pouvez aussi décider d'en rester là, de renoncer à cette poursuite judiciaire.

— Non ! Il n'en est pas question.

Secouant la tête, Caro se rapprocha de la fenêtre et posa la main sur la vitre. Au loin, les hauts sommets qui se dressaient vers le ciel paraissaient inaccessibles. Pourtant, bon nombre d'alpinistes avaient réussi à les gravir.

— Je ne renoncerai pas à ce procès, Zoé. C'est impossible.

— Bien sûr, je comprends bien.

L'avocate venait de s'exprimer d'un ton chaleureux, différent de celui, très professionnel, qu'elle avait employé jusque-là.

— Qui le ferait, à votre place ?

Comme Caro soupirait de nouveau, Zoé reprit :

— Essayez de rester patiente. Vous aurez tout le temps de parler au tuteur d'Ariane quand mes recherches auront abouti et que nous saurons exactement à quoi nous en tenir.

Lorsque la communication prit fin, Caro se sentit gagnée par un mélange de frustration et de soulagement. Comment avait-elle pu imaginer, ne serait-ce qu'un instant, que la tâche serait facile ? Très simple : après avoir retrouvé Ariane et avoir passé un peu de temps en sa compagnie, tout lui avait semblé possible.

La veille au soir, elle était allée se coucher envahie par l'émotion d'avoir enfin vu sa fille. D'avoir pu lui parler, la regarder dormir. Elle s'était dit et répété que le fait d'avoir été conviée par Jake Maynard à passer la nuit au château était bon signe. Il ne lui aurait sûrement pas fait une proposition pareille s'il n'avait pas eu l'intention de l'embaucher.

Si ce n'est qu'elle ne tenait pas à être la nounou d'Ariane. Celle-ci était *sa fille* !

Rien d'étonnant à ce qu'elle n'ait pas fermé l'œil de la nuit. Elle n'avait cessé de tourner dans le lit, imaginant mille scénarios au cours desquels le tuteur de l'enfant l'empêchait de mener à bien toutes les démarches destinées à récupérer cette fillette qu'elle avait mise au monde.

Mais Zoé avait raison. Bien qu'il n'y ait entre eux aucun lien de sang, il était l'oncle d'Ariane.

Elle sentit alors un curieux frisson dans tout le corps. Le simple fait de penser à Jake Maynard la déstabilisait. La troublait, même. Sans doute parce qu'il était proche de la fillette ? Elle avait remarqué que son regard se faisait plus doux lorsqu'il se posait sur sa nièce. Il était manifestement prêt à tout ou presque pour assurer son bien-être. Jamais il ne l'abandonnerait.

Pas même pour la confier à sa mère légitime.

Caro se mordilla nerveusement les lèvres. Ils étaient destinés à devenir des rivaux, voire des ennemis. Pourquoi fallait-il que ce soit cet homme-là qui éveille ses sens comme nul autre ne l'avait fait depuis fort longtemps ? Elle n'était tout de même pas masochiste au point d'être attirée par celui qui faisait barrage entre sa fille et elle ?

Ce fut le visage paisible mais l'estomac noué qu'elle franchit le seuil du bureau. En pareilles circonstances, elle savait gré à son père d'avoir toujours insisté pour qu'elle apprenne à cacher ses sentiments derrière une apparence sereine. Car se trouver sous le même toit que sa fille pour la première fois en quatre ans et demi mettait ses nerfs à rude épreuve.

— Asseyez-vous, mademoiselle Rivage.

Elle choisit toutefois de rester debout près du grand bureau. Comment aurait-elle pu s'asseoir alors que Jake Maynard faisait les cent pas dans la pièce ?

Il avait échangé son costume de la veille contre un pull anthracite porté sur un jean noir et, dans cette tenue qui mettait davantage en valeur son corps musclé, il lui paraissait plus impressionnant encore. Elle se souvint brusquement qu'il l'avait appelée par son prénom la nuit dernière. Ils étaient tout près l'un de l'autre, dans le couloir et, l'espace d'un instant, elle avait cru qu'il allait la prendre dans ses bras. Elle avait même été déçue qu'il ne le fasse pas !

Caro cligna les paupières et s'empressa de refouler cette pensée au fond de son esprit. Lorsqu'elle s'était mis en tête de retrouver Ariane, elle pensait trouver en son oncle un homme à la fois gentil et quelconque, certainement pas un individu doté d'une telle personnalité et… aussi sexy. Par sa seule présence dans la pièce, Jake Maynard parvenait à semer le trouble dans ses pensées.

Il s'arrêta enfin à hauteur de son bureau et la dévisagea, ce qui accentua son malaise.

— Vous ne vous asseyez pas ? insista-t-il.

— Non, je vous remercie, mais j'aime autant rester debout.

— À vous voir, on croirait que vous êtes face à un peloton d'exécution ! railla-t-il, un sourcil levé.

Caro serra les mâchoires. Comment diable s'y prenait-il pour lire ainsi dans ses pensées ? Car il ne se trompait pas. Vu la façon dont il l'avait interrogée la veille au soir en la trouvant dans la chambre d'Ariane, il était évident qu'il se méfiait d'elle, ce qui la mettait mal à l'aise. Durant le petit déjeuner, elle n'avait cessé de penser à ce regard incisif posé sur elle.

Qu'espérait-il ? La décontenancer ? Comme cette pensée lui venait à l'esprit, elle redressa les épaules, prête à lui tenir tête. Bien que coriace et habitué à prendre les choses en main, M. Maynard n'était pas comparable à son père. À l'inverse de ce dernier, perfide et méprisable, il donnait l'impression d'être honnête et de respecter certaines règles.

— J'attends simplement que vous m'informiez de votre décision. Et de plus, après avoir passé une heure assise à jouer avec Ariane, ça me convient très bien de rester debout.

— Comme vous voulez.

Il l'enveloppa alors d'un long regard et elle sentit ses muscles se crisper. Il ne semblait nullement pressé de l'informer de sa décision, mais elle avait hâte, elle, de savoir ce qu'il en était.

Il se doutait bien qu'elle était sur des charbons ardents. Serait-ce là une façon de tester son endurance ? Bien qu'enchantée d'avoir retrouvé Ariane, elle était très tendue. Elle n'avait pas fermé l'œil de la nuit et son esprit fonctionnait à vive allure sans un seul instant de répit.

Comment gérer cette situation, d'une difficulté extrême ?

Elle n'en avait pas la moindre idée, mais se doutait bien que, quoi qu'elle fasse, il était peu probable que Jake Maynard apprécie ses initiatives.

— Souhaitez-vous toujours travailler à mon service ?

Caro sentit le sol se dérober sous ses pieds et s'agrippa au dossier du fauteuil situé devant elle.

— Dois-je en déduire que… vous retenez ma candidature ?

— Pas tout à fait.

Ses doigts se resserrèrent sur le dossier du siège.

— Pour ne rien vous cacher, j'hésite encore, mais…

Il marqua une courte pause et elle retint son souffle, redoutant ce qui allait suivre.

— Ma nièce semble s'être prise d'affection pour vous et je ne crois pas me tromper en affirmant que vous lui portez de l'intérêt.

Elle acquiesça. Si cela s'annonçait plutôt bien, elle décelait, tant dans la voix que dans l'attitude de son interlocuteur, une certaine réticence. Elle choisit donc de se taire et d'attendre.

— Vous l'avez probablement remarqué, mais je tiens toutefois à le préciser : le bien-être de ma nièce compte pour moi plus que tout au monde. Je souhaite donc m'assurer que je ne m'apprête pas à commettre une erreur – d'autant plus que, comme je vous l'ai déjà dit, votre dossier ne compte pas parmi les meilleurs que j'ai reçus.

Caro se mordit les lèvres pour ne pas répliquer qu'il était peu probable que quelqu'un s'occupe mieux de la fillette que *sa propre mère*. Il était cependant beaucoup trop tôt pour révéler ce genre d'information qui aurait un effet désastreux sur la suite des événements. Non, elle ne courrait pas un risque pareil ! Il fallait attendre, choisir le moment adéquat, et ce, après avoir obtenu les informations récoltées par Zoé. Car elle doutait que Jake Maynard accède facilement à sa demande et, à quoi bon se leurrer, elle avait peu de chances de remporter une bataille contre lui. Elle ne disposait pas des mêmes moyens.

— Je vous propose donc d'occuper le poste pendant six mois, période pendant laquelle vous serez à l'essai. Si je suis satisfait de vos services, nous passerons alors à un contrat à durée indéterminée. Autrement dit, permanent.

Permanent. C'était là ce qu'elle désirait, mais pas comme il l'entendait. Ce qu'elle voulait, c'était rester de façon *permanente* auprès de sa fille. Pouvoir s'occuper de cette enfant et l'aimer en toute liberté. Elle souhaitait par-dessus tout que soit reconnu son statut de mère.

Et un jour, si elle donnait le meilleur d'elle-même et savait se montrer patiente, Ariane l'aimerait en retour.

Elle eut l'impression que l'air se raréfiait autour d'elle et inspira très lentement. Rien n'était acquis, loin de là.

Comme elle redressait la tête, elle croisa son regard d'un gris très clair.

— Alors, est-ce que ma proposition vous convient, mademoiselle Rivage ?

Il la fixait, manifestement surpris qu'elle ne l'ait pas accueillie avec enthousiasme.

Caro hésitait à répondre, car elle avait toujours détesté mentir. Or elle était en train de tromper cet homme, même s'il s'agissait d'un mensonge par omission. Elle se rappela alors les conseils de son avocate. Si Jake Maynard apprenait la vérité, il la mettrait sans tarder à la porte du château.

Elle réussit donc à afficher ce sourire qu'elle avait appris à maîtriser depuis sa plus tendre enfance, avant de déclarer :

— Elle me convient parfaitement.

— Bien, dit-il, la mine sérieuse.

Caro remarqua que ses épais sourcils noirs s'étaient rapprochés, comme si quelque chose le préoccupait et elle se promit de faire tout ce qui était en son pouvoir pour dissiper ses doutes.

— Ariane vous appelle déjà par votre prénom, reprit-il. Je vais l'imiter et je suggère que vous m'appeliez Jake. Inutile de nous embarrasser de cérémonies devant elle.

Ces nouvelles directives provoquèrent en elle un petit sursaut de joie qu'elle se reprocha sur-le-champ. Comment pouvait-elle se réjouir de l'entendre prononcer son nom et de prononcer à son tour le sien ? C'était ridicule !

Elle s'éclaircit la voix, s'efforçant de ne rien trahir de ses sentiments. Jake Maynard était très attirant, or elle avait délibérément fui la présence de ce genre d'hommes depuis cinq ans. Ce qui expliquait peut-être qu'il produise sur elle un tel effet ? Quelle que soit la raison, elle s'efforcerait de rester à distance de son employeur et d'ignorer le charme qu'il exerçait sur elle.

— Je ne vois aucun problème à ce que vous m'appeliez Caro, mais je me sentirai plus à l'aise pour ma part en continuant à vous appeler M. Maynard.

Sa réaction ne se fit pas attendre. Apparemment peu habitué à ce qu'on lui résiste, Jake haussa un sourcil et la fixa quelques instants en silence. Puis il hocha la tête.

— Pourquoi pas, Caro ?

Était-ce un effet de son imagination, ou la voix masculine s'était faite presque caressante en prononçant son prénom ? Et pourquoi la dévisageait-il avec une telle intensité ?

Elle qui jusque-là s'était évertuée à rester dans l'ombre avait l'impression de se retrouver sur le devant de la scène. Ce que, justement, elle ne voulait pas !

5.

Une semaine plus tard, posté à la fenêtre de son bureau, Jake observait les deux silhouettes qui progressaient péniblement dans la neige, tirant ce qui ressemblait à une luge.

Quand Caro avait demandé l'autorisation de sortir avec Ariane, il s'était montré sceptique. Depuis qu'elle avait quitté l'hôpital de Sainte Ancilla, sa nièce n'avait manifesté aucun intérêt pour quoi que ce soit. Elle préférait rester dans sa chambre avec son ours en peluche et ses jouets.

Sans doute cette réticence à affronter les éléments venait-elle de la terrible tempête à l'origine de la mort de ses parents. Un arbre s'était abattu sur leur voiture, piégeant le couple et l'enfant à l'intérieur. Le cœur de Jake se serra. Au moins, Connie et Peter étaient morts sur le coup.

Jake ignorait tout de la paternité. Parce qu'il était le plus proche parent d'Ariane, il avait accepté la responsabilité de s'occuper d'elle et était déterminé à assumer ce rôle en lui offrant tout l'amour et la stabilité dont elle avait besoin.

Il ébaucha un rictus amer. Heureusement, elle ne connaîtrait jamais le même sort que sa sœur et lui, qui avaient grandi dans un environnement tout sauf chaleureux. C'était sa sœur aînée, Connie, qui s'était substituée à leur mère irresponsable pour l'élever.

Jake lui en serait éternellement reconnaissant et se devait aujourd'hui de lui rendre la pareille en élevant sa petite fille. Tâche à laquelle il consacrerait le plus de temps possible une fois ses affaires réglées. Ce qui signifiait trouver un lieu de résidence permanent. En Australie ? À

Sainte Ancilla ? Habiter un château en Europe servait ses intérêts, mais ne convenait pas à la petite Ariane. Pas plus que vivre en haut d'une tour gigantesque à Sydney, New York ou Londres. Il fallait qu'il trouve une maison avec un jardin dans un endroit baigné de lumière et de soleil.

Les mains sur la vitre, il observa les deux silhouettes tandis qu'elles contournaient le château. Ariane ne souriait pas, mais ne paraissait pas aussi nerveuse que la fois où lui-même lui avait proposé une sortie.

Caro avait réussi là où il avait échoué.

Jake contint l'accès de jalousie qui venait de le saisir. Seul comptait le bonheur d'Ariane. Et si Caro parvenait mieux que lui à sortir la petite fille de sa coquille, eh bien il s'en accommoderait !

Finalement, il ne regrettait pas son choix. Cette jeune personne semblait faire l'affaire. Quant au jugement qu'il portait sur elle, il préférait ne pas trop s'attarder sur la question.

Parce qu'elle l'attirait ?

Jake chassa cette pensée déplacée.

Au départ, il avait cru que l'entretien d'embauche la rendait nerveuse, mais il y avait autre chose. Elle était constamment restée sur ses gardes, pesant chaque mot, évaluant chaque nuance. Avait-elle un problème avec les hommes en général ou seulement avec lui ?

Pour autant, elle n'avait pas peur de lui. Elle se montrait juste prudente. Malgré tout, Jake n'arrivait pas à s'enlever de la tête qu'elle lui cachait quelque chose.

Devait-il creuser davantage ? Commander un rapport d'enquête fouillé ?

Ou bien réagissait-il de manière excessive parce qu'elle gardait ses distances malgré la façon dont elle le regardait parfois ? Comme s'il exerçait sur elle une sorte de fascination, et qu'elle partageait l'attirance qu'il éprouvait à son endroit ? Était-ce la raison pour laquelle elle semblait l'éviter le plus possible ? Ce qu'aucune femme ne faisait jamais, au contraire…

Il laissa échapper un petit rire. Son ego surdimensionné serait-il en train de lui jouer des tours ? Il ferait mieux de se réjouir de ne pas avoir affaire à une séductrice, car il n'avait guère besoin de ce genre de complication en ce moment.

Sans doute était-il resté trop longtemps enfermé, d'où sa propension à développer des idées folles. Ariane n'était peut-être pas la seule à avoir besoin d'un bol d'air.

Quinze minutes plus tard, emmitouflé dans son manteau, il contourna le château et partit à la recherche de Caro et de sa nièce. L'air vif lui donna l'impression de perforer ses poumons, mais très vite une sensation de bien-être l'envahit. Le ciel d'un bleu translucide illuminait le paysage. Quand il arriva en haut d'une pente douce, il aperçut une clairière en contrebas. Il sourit en entendant les gloussements joyeux de la fillette qu'il ne voyait pas encore, puis son cœur se serra. Depuis quand n'avait-il plus entendu Ariane rire ?

Le souvenir de sa dernière visite à sa sœur à Sainte Ancilla lui revint en mémoire. Connie et son mari l'avaient accueilli chaleureusement, comme à leur habitude. Ils avaient déjeuné dehors sous une tonnelle couverte de vigne. Jake avait admiré l'entente qui régnait dans ce couple et l'amour que les deux parents vouaient à leur petite fille, laquelle le leur rendait bien. Il avait trouvé sa nièce vive, pétillante, pleine de vie. Tous trois formaient un tableau idyllique et Jake avait adoré voir sa sœur si heureuse. Elle le méritait bien après toutes ces années difficiles où elle avait eu la lourde charge de pourvoir à son éducation.

Soudain, une voix perça le silence environnant. Une voix légèrement rauque, aux intonations envoûtantes, qui fit naître des frissons dans tout son corps.

Comment une femme aussi guindée pouvait-elle avoir une voix aussi séduisante ? La nuit précédente, Jake s'était réveillé en nage, haletant, toujours sous l'emprise de cette voix qui avait résonné dans son rêve. Un rêve érotique où il serrait le corps de Caro contre le sien, effaçant pour toujours le souvenir de celui de Fiona, cette ex-maîtresse qu'il avait bannie de sa vie six semaines auparavant.

Chassant cette pensée, il se dirigea vers les voix. À sa grande surprise, il vit Ariane arrimée sur sa luge en haut d'une petite pente et Caro accroupie en bas, les bras grands ouverts pour l'accueillir.

Seule sa nièce aurait dû capter son attention, mais il ne voyait que le lumineux sourire de sa nounou. Même à cette distance, il ressentit un coup au cœur.

Le soleil nimbait ses cheveux de reflets auburn qu'il n'avait pas remarqués auparavant. Soudain, elle lui apparut sous un jour nouveau. Cette jeune femme était d'une beauté saisissante. Jake fronça les sourcils, toujours sous le coup de cette étonnante découverte. Ce n'étaient pas tant ses traits qui lui conféraient ce charme fou, mais ce sourire, cette joie immense qui illuminait son regard.

Une vive chaleur se répandit dans ses veines tandis qu'il prenait conscience de l'effet que cette femme produisait sur lui. Il avait envie que ce sourire lui soit destiné, que ce regard flamboyant se pose sur lui…

Soudain, une sonnette d'alarme résonna dans son cerveau. Cette jeune femme était son *employée*…

Se forçant à revenir à la raison, il cria à l'intention de sa nièce :

— Bravo, Ariane ! Je ne savais pas que tu étais aussi douée dans la neige !

— Oncle Jake ! s'écria sa nièce. Tu as vu ? J'ai glissé jusqu'en bas toute seule !

Son sourire lui rappela l'époque heureuse où elle vivait à Sainte Ancilla, et il sentit l'émotion lui serrer la gorge. Ariane avait toujours été une enfant joyeuse et il s'était promis qu'elle le redeviendrait. Bien sûr, la guérison totale prendrait du temps, beaucoup de temps, aussi bien pour Ariane que pour lui, car ils accusaient l'un comme l'autre une perte immense. Quoi qu'il en soit, Ariane représentait à ses yeux un bien précieux qu'il avait l'intention de chérir toute sa vie.

— J'ai vu ! acquiesça-t-il avec un grand sourire. Est-ce la première fois que tu te lances seule ?

Elle hocha la tête si vigoureusement que plusieurs boucles cuivrées s'échappèrent de son bonnet de laine.

— Tu veux que je recommence ?

— Oui. Comme ça, après, tu pourras m'apprendre.

Ariane tourna la tête vers Caro, comme pour lui demander la permission.

Sa nounou hocha la tête à son tour.

— Vas-y, mais ne pars pas de trop haut, d'accord ?

Jake regarda sa nièce hisser péniblement la luge en haut de la pente. D'instinct, il voulut lui proposer son aide, mais se retint devant son expression volontaire.

Il se tourna alors vers Caro qui l'observait avec une expression indéchiffrable. Aussitôt, son sang se remit à bouillir dans ses veines. Elle gardait les bras serrés autour de sa poitrine. Avait-elle froid ou sentait-elle le même élan que lui ?

— Je vais aller l'aider, dit-elle en se détournant.

— Non !

Elle s'immobilisa sous l'injonction et porta un regard étonné sur Jake.

— Laissez-la se débrouiller seule, marmonna-t-il, gêné d'avoir laissé transparaître son désir de garder Caro près de lui.

— Vous avez raison… Il me semble que…

Comme elle n'achevait pas sa phrase, il demanda :

— Oui ?

— Je peux me tromper, mais je crois qu'au-delà du plaisir de la glisse, c'est le fait de prendre les commandes qui la réjouit.

— Parce que tout dans sa vie a été bouleversé ?

— Tout ce sur quoi elle pouvait compter a changé. Et même si vous avez réussi à lui donner un foyer, une certaine sécurité, elle a sans doute l'impression de vivre dans un monde effrayant.

Jake sentit son souffle se bloquer dans sa gorge. Caro

avait raison. Ariane avait traversé trop d'épreuves. Elle devait se sentir atrocement vulnérable, c'est pourquoi elle avait besoin de stabilité.

— Aimez-vous vous occuper d'elle ? demanda-t-il soudain.

Il devait en avoir le cœur net. Si de son côté il devait trouver la personne adéquate pour prendre soin d'Ariane, il devait s'assurer que cette personne désirait rester.

Les yeux de Caro s'écarquillèrent.

— Bien sûr ? Pourquoi ? Vous en doutez ? Vous n'êtes pas satisfait de…

Il l'arrêta d'un geste de la main.

— Je suis tout à fait satisfait… Pour le moment. Je voulais connaître votre point de vue, c'est tout.

Une expression de soulagement se peignit sur son visage, d'habitude si peu expressif. Preuve supplémentaire qu'elle baissait rarement la garde devant lui.

— J'adore m'occuper d'Ariane. Je…

Elle s'interrompit en entendant la luge approcher à toute vitesse. Visiblement, la fillette était partie de beaucoup plus haut. Mais le plus grave était que la course de la luge avait été déviée et se dirigeait droit vers un bouquet d'arbres. D'un bond, Caro courut dans la direction de la pente que dévalait l'engin. Jake se lança à sa poursuite, mais empêtré dans son manteau et chaussé de souliers glissants, il ne parvint pas à la rattraper.

Quand il entendit Ariane pousser un cri de frayeur, son cœur manqua un battement et des images atroces lui vinrent à l'esprit. Des images surgies de son passé de soldat au cours duquel il avait été témoin de terribles combats. Mais aujourd'hui, il s'agissait de sa nièce…

Alors que la collision dans les arbres semblait inévitable, il vit une tache bleue se jeter sur la luge pour la forcer à l'arrêt. Prenant un risque inouï, Caro avait tenté l'impossible.

Aveuglé par les monceaux de neige qui dévalaient la pente, Jake franchit les derniers mètres, le cœur battant à tout rompre.

Caro reposait tout contre Ariane, les bras serrés autour de son petit corps inerte.

— Ariane, parle-moi ! supplia Jake d'une voix blanche.

Une peur que Caro ressentait aussi, au plus profond de son cœur. À tel point qu'elle n'osait même pas ouvrir les yeux, de peur d'être confrontée à l'horreur. Avait-elle à nouveau perdu sa fille ? De manière permanente, cette fois ?

Une angoisse terrible l'étreignait. La poitrine serrée, elle pouvait à peine respirer. Au prix d'un effort immense, elle tenta de se redresser, mais Jake l'en empêcha en posant une main ferme sur son épaule. C'est alors qu'une petite voix se fit entendre dans l'air glacial.

— Oncle Jake ?

Ouvrant les yeux en grand, Caro découvrit la silhouette imposante de Jake agenouillée devant elle. Elle croisa son regard intense, puis celui de la petite forme qu'elle tenait toujours serrée contre elle. Doucement, elle relâcha son étreinte et la petite fille se redressa.

— Comment te sens-tu, Ariane ? As-tu mal quelque part ?

— Pas mal, répondit la fillette en secouant la tête.

Caro sentit son cœur battre frénétiquement dans sa poitrine. Une intense émotion la saisit et des larmes perlèrent à ses paupières. Immobile, elle ferma les yeux tout en se concentrant sur sa respiration.

— Elle… Elle est morte, oncle Jake ? entendit-elle soudain.

La frayeur contenue dans la voix d'Ariane poussa Caro à sortir de sa torpeur. Après ce qui était arrivé à ses parents adoptifs, il n'était pas étonnant que la fillette garde la peur de la mort ancrée en elle.

— Ne t'inquiète pas, je suis vivante, ma chérie, dit-elle pour la rassurer.

Quand elle rouvrit les yeux, elle découvrit deux visages

anxieux penchés sur elle. Elle leur adressa alors un sourire pour dissiper leur inquiétude.

— Êtes-vous blessée ? demanda Jake. Pouvez-vous bouger ?

— Juste une minute, répondit Caro en exerçant une pression sur sa poitrine pour retrouver son souffle.

Puis elle se redressa et prit les mains de la fillette entre les siennes.

— Tu es sûre d'aller bien, Ariane ? Tu n'as pas cogné ta tête ?

Ariane répondit que non avant de fondre en larmes.

— Je suis… désolée, Caro. Je ne voulais pas… que tu te blesses.

Bouleversée par les pleurs de la fillette, Caro l'attira tout contre elle pour apaiser sa peine. Quand elle sentit ses bras s'enrouler autour de son cou, une joie intense explosa dans sa poitrine.

Longtemps, elle avait refusé de croire que sa fillette était mort-née, puis elle avait fini par affronter l'atroce réalité, jusqu'à ce qu'elle découvre que son instinct ne l'avait pas trompée. Elle avait alors consacré toute son énergie à retrouver sa trace. Et aujourd'hui, elle savourait ce moment de tendresse partagée.

Serrant Ariane tout contre elle, elle se mit à la bercer tout en s'enivrant du parfum de ses cheveux. Une fragrance dont elle garderait le souvenir enfoui au plus profond d'elle-même jusqu'à la fin de ses jours.

— Tout va bien, ma chérie, souffla-t-elle à son oreille. Personne n'est blessé.

— En êtes-vous sûre ? demanda Jake d'un ton inquiet.

— Je vais bien…

Ariane releva la tête.

— Je ne recommencerai jamais, promis ! Je voulais juste…

Comme elle jetait un regard apeuré vers son oncle, Caro conclut pour elle :

— Tu voulais juste montrer à ton oncle Jake comment tu savais manier la luge ?

— Oui, mais je t'ai fait mal.

— Il ne faudra plus jamais monter aussi haut, intervint Jake d'un ton sévère. C'est trop dangereux.

Comme la fillette baissait la tête d'un air contrit, Caro prit sa défense.

— Elle a promis de ne plus recommencer, n'est-ce pas, ma chérie ? Et nous sommes saines et sauves toutes les deux. Et si tu montrais à ton oncle comme tu manies la luge ? Vous pourriez même dévaler la pente ensemble.

Comme Jake fronçait les sourcils d'un air désapprobateur, elle ajouta en hâte :

— Il paraît que quand on tombe de cheval, il faut remonter en selle aussitôt. Eh bien là, c'est pareil !

Enfant, Caro avait fait une chute à dos de poney. Son père l'avait alors obligée à remonter aussitôt, et elle n'avait plus jamais eu peur des chevaux. Quand on lui avait découvert ensuite une fracture au poignet, elle avait préféré taire sa souffrance que de décevoir son père.

Quand elle vit Jake capituler devant le regard implorant de sa nièce, elle sourit et les accompagna en haut d'une petite butte. Puis elle les regarda s'engager dans la pente ensemble. À chaque remontée, Jake s'enquérait de son état. Cette sollicitude la toucha profondément. Elle n'avait aucun souvenir de la dernière fois où un homme s'était préoccupé de son bien-être. En tout cas, jamais son père ou ses frères, ni même son ex-petit ami n'avaient pris cette peine.

Quand Jake déclara que l'heure était venue de rentrer pour permettre à Caro de se réchauffer, la fillette avait retrouvé son entrain.

Caro espérait que très vite Ariane oublierait ce fâcheux incident. Une ombre demeurait au tableau cependant : il était évident que Jake prenait son rôle très au sérieux. Non seulement il s'estimait responsable de la fillette, mais il lui était aussi très attaché. Et Ariane adorait sa compagnie.

Que se passerait-il quand Caro réclamerait la garde de sa fille ?

Elle en avait le droit le plus absolu. Sans compter le préjudice subi. Caro avait été privée de sa fille de longues années. Même son prénom, ce n'était pas elle qui l'avait choisi.

Une fois de plus, la tentation d'avouer son identité la titilla. Mais Ariane était une enfant fragile qui n'était pas encore remise de la perte de ses parents adoptifs et elle ne voulait pas ajouter à son stress. Caro attendrait d'avoir développé avec sa fille une relation solide.

Une autre raison poussait Caro à patienter. Jake Maynard était un homme riche et puissant, et il utiliserait toutes les armes à sa disposition pour avoir gain de cause. Caro avait déjà été victime de manipulateurs. D'abord Mike, puis son père. Elle ne commettrait pas l'erreur de croire que Jake ne représentait aucun danger.

De son côté, Caro possédait très peu d'argent et jamais son père ne l'aiderait financièrement si l'affaire devait être jugée au tribunal. Il mettrait tout en œuvre pour éviter le scandale.

Le pire dans cette histoire était que Jake Maynard éveillait en elle un désir qu'elle pensait ne plus jamais éprouver après toutes ces années de solitude.

Le désir… Ce besoin de sentir les mains de cet homme fascinant sur sa peau, son corps puissant contre le sien.

Comment sortir de cette impasse ?

6.

Jake n'arrêtait pas de penser à Caro Rivage. Son image l'obsédait à tel point qu'il ne parvenait pas à se concentrer sur le rapport posé sur son bureau.

Ce n'étaient pas des chiffres qu'il voyait, mais la jeune nounou se précipitant, au péril de sa vie, à la rescousse d'Ariane. Il se rappelait aussi la terreur qu'il avait ressentie en la voyant immobile dans la neige.

Il s'était accroupi, prêt à la soulever dans ses bras. Pendant un bref instant, il avait croisé son regard fiévreux où il avait cru déceler une lueur de désir. La seconde suivante, elle s'était relevée prestement, insistant pour marcher sans son aide. Son état l'avait inquiété, alors il avait décidé d'appeler un médecin.

L'auscultation n'avait révélé aucun traumatisme, ni pour Caro ni pour Ariane.

Malgré tout, Jake ne parvenait pas à chasser la jeune nounou de son esprit. Il la savait désormais tout à fait apte à prendre soin de sa nièce et à veiller sur elle.

L'accident qui s'était produit lui laissait toutefois un goût amer. Il n'était pas du genre à rester sur la touche, à regarder les autres agir. La culpabilité le rongeait. C'était lui qui aurait dû se précipiter au secours d'Ariane…

Cette expérience l'avait bouleversé, d'autant plus qu'il avait pris conscience de l'attirance que la jeune nounou exerçait sur lui, même s'il tentait constamment de se persuader du contraire, de se dire que c'étaient les attentions dont elle entourait sa nièce qui le séduisaient. Au fond de lui, il savait qu'autre chose était à l'œuvre.

Avait-il fait le bon choix en recrutant cette jeune femme ? Il avait beau garder ses distances, sa présence le mettait au supplice. Sous son apparente timidité, il décelait en elle un tempérament enflammé, passionné même. Il était persuadé de ne pas la laisser indifférente et l'envie de le prouver le taraudait. Comment réagirait-elle s'il la prenait dans ses bras ?

Sa dernière conquête avait un profil diamétralement opposé. Délurée, sophistiquée, provocante… C'était le genre de femme qu'il aimait courtiser.

Comment se faisait-il que Caro Rivage l'ensorcelle autant ? Plusieurs fois, il s'était surpris à détailler ses traits et sa silhouette sous ses tenues strictes. Et même à humer le parfum qu'elle laissait planer dans son sillage.

Agacé par ces pensées parasites, il se passa une main nerveuse dans les cheveux et éteignit son ordinateur. Il était minuit passé, mais il pressentait que le sommeil tarderait à venir. Au lieu d'aller se coucher, il décida de monter dans sa salle de gymnastique et de s'adonner à quelques exercices.

Mais quand il poussa la porte du spa situé au grenier, il découvrit Caro debout devant le jacuzzi. Vêtue d'un peignoir, elle se tenait de dos. Elle avait défait son chignon strict et ses cheveux tombaient souplement sur ses épaules…

Jake sentit sa gorge se nouer en la voyant dénouer la ceinture de son peignoir. Quand elle le laissa glisser au sol à ses pieds, grande fut sa stupeur en découvrant les formes gracieuses de celle qui hantait ses pensées depuis plusieurs jours. Elle portait une culotte minuscule et un haut qui moulait sa poitrine. Un érotisme inouï se dégageait de ce tableau. Émoustillé, Jake sentit son sang bouillonner dans ses veines.

Un désir fou s'empara de lui.

Caro devait avoir entendu son souffle rauque, car elle se tourna d'un bloc et écarquilla les yeux de stupeur.

Quand elle voulut se baisser pour ramasser son peignoir, Jake se précipita pour l'aider. Leurs doigts se frôlèrent. Interdits, ils se dévisagèrent. Le peignoir retomba au sol sans qu'ils esquissent le moindre geste. L'électricité dans l'air était palpable.

Ce fut Caro qui rompit le charme de l'instant. Reculant d'un pas, elle agrippa le peignoir et le revêtit aussitôt.

— Vous alliez prendre un bain ? demanda Jake d'une voix rauque.

— Je... Je voulais me détendre dans le jacuzzi, bredouilla Caro, si vous m'y autorisez.

— Bien sûr ! Neil vous a sûrement dit que vous pouviez utiliser tous les équipements de la maison.

— Oui... En effet.

Comme elle baissait les yeux, il comprit qu'elle ressentait une gêne immense. Ou bien la même attirance que lui...

Jake aurait aimé en avoir le cœur net. Mais cette jeune personne était son employée, alors il devait contenir ses pulsions. Alors qu'il allait rebrousser chemin, Caro reprit :

— Je pensais que cela me ferait du bien...

— Le médecin vous a-t-il prescrit des antalgiques ?

— Non, c'est inutile. Je me sentais... agitée et je me suis dit que l'eau chaude m'apaiserait.

— Je suis dans le même état que vous...

Il y eut un long silence durant lequel ils se tinrent immobiles, comme pétrifiés. Caro gardait le regard rivé à celui de Jake. Le gris de ses yeux n'avait rien de froid, bien au contraire...

Ce soir, alors qu'elle était encore sous le coup de l'émotion après l'épisode qui avait failli lui faire perdre sa fille pour la seconde fois, des images atroces du passé étaient remontées à la surface. À l'époque où on lui avait enlevé sa fille, elle n'avait pu partager son chagrin avec personne. C'était encore vrai aujourd'hui. Malgré les amis qui l'entouraient depuis quelques années, elle se sentait affreusement seule.

Sauf en présence de Jake Maynard.

Cette évidence la frappa de plein fouet. Avec lui, elle se sentait différente. Plus vivante. Sans doute parce que tous deux poursuivaient le même objectif : prendre soin d'Ariane. Mais à cet instant précis, alors qu'ils baignaient dans cette atmosphère électrisante, Ariane avait disparu du champ de leurs préoccupations.

Jake ressentait-il lui aussi cette aura de désir qui les enveloppait ?

Non, il fallait rompre le charme. Caro ne pouvait pas risquer sa place auprès d'Ariane. Mais comment fuir alors que Jake la dévorait des yeux ?

Soudain, ce besoin d'être désirée, aimée, qu'elle traînait depuis toujours derrière elle comme un fardeau, resurgit. Enfant, elle avait vainement tenté de gagner l'affection de ses parents. Puis elle s'était éprise de Mike, espérant combler le vide de son existence. Et à présent, c'est Jake qui l'attirait comme un aimant.

Cet homme qui ne quittait jamais ses pensées, ni le jour ni la nuit, éveillait en elle un désir fou.

Non, non, non ! Pense à Ariane. La raison pour laquelle tu te trouves ici.

— Caro, entendit-elle alors Jake murmurer, chassant instantanément ses bonnes résolutions.

Des mains se posèrent sur ses épaules, un souffle chaud caressa son visage et, soudain, elle fut emportée dans un tourbillon de sensations inouïes. Leurs lèvres se soudèrent dans un baiser d'une douceur exquise. Comme elle flageolait sur ses jambes, elle sentit les bras de Jake l'entourer. Son cœur battait fort contre sa poitrine. Quand elle posa ses mains sur son torse puissant, il relâcha son étreinte.

Bouleversée par ce qu'elle prenait pour un rejet, elle leva un regard implorant vers son visage. Mais il ne s'agissait pas d'un rejet…

Jake fit glisser le peignoir sur ses épaules et passa un

bras autour de sa taille. Le contact de ses doigts sur sa peau nue lui arracha un gémissement. Plus rien n'existait désormais à part les mains de cet homme sur son corps, les caresses qu'il lui prodiguait, ses baisers…

Elle vivait un moment d'une intensité rare qu'elle aurait aimé prolonger à l'infini. Quand les lèvres de Jake effleurèrent les pointes de ses seins, elle étouffa un cri.

— Non, ne fais pas cela. Je veux t'entendre, murmura-t-il à son oreille.

Écarquillant les yeux, elle plongea son regard dans celui de Jake. Le recours au tutoiement avait provoqué mille frissons dans tout son corps.

— Je veux savoir ce que tu aimes, ajouta-t-il en guise d'explication.

— Je… J'aime tout, avoua-t-elle d'une voix mal assurée, qui révélait le trouble qui l'habitait.

— Tout ? s'enquit Jake en levant un sourcil.

Comme il resserrait son étreinte, elle laissa échapper un soupir.

— Oui, confirma-t-elle avant de lui tendre ses lèvres.

Cette fois, leurs étreintes jusque-là tendres et sensuelles devinrent torrides, tandis qu'un même feu les consumait.

Un bras passé autour de sa taille, Jake approfondit ses caresses. Ses doigts se frayèrent un chemin jusqu'à son intimité. Une sensation de chaleur intense l'enveloppa tout entière, tandis qu'elle s'abandonnait aux mains expertes de celui qui allait devenir son amant.

— Attends, dit-il tout à coup en reculant légèrement pour retirer son T-shirt.

Caro sentit sa gorge se serrer. Elle n'avait jamais vu un corps d'homme aussi beau. Des épaules larges, un torse puissant, des muscles saillants, des hanches étroites.

Quand elle voulut effleurer cette peau si tentante, Jake l'en empêcha.

— Bientôt, souffla-t-il.

Il l'aida alors à retirer son haut et sa culotte.

— Tu es magnifique, dit-il en prenant l'un de ses seins en coupe pour en happer le téton entre ses lèvres.

L'exquise sensation qui la traversa alors lui arracha un gémissement de plaisir.

De nouveau, ils échangèrent des caresses de plus en plus appuyées, jusqu'à ce que la main de Jake s'arrête sur le léger renflement de son ventre, là où Caro savait avoir gardé des traces de sa grossesse sous la forme de fines vergetures à peine perceptibles au toucher.

— Caro ? Est-ce ce à quoi je pense ? As-tu eu un enfant ?

— Oui, admit-elle.

Même si elle devait continuer à mentir sur son identité, elle ne pouvait pas nier avoir donné naissance à sa fille ni oublier le passé.

— Où est cet enfant, maintenant ?

— C'est une fille…

Quand les religieuses lui avaient dit que son bébé était mort-né, elles n'en avaient pas précisé le sexe. Caro n'avait pas été autorisée à voir son enfant. Ni même à connaître son lieu de sépulture. Son père y avait veillé.

Son père… Celui qui était responsable de tout avait tout de même fini, à force de supplications, par lui révéler le sexe de son enfant.

Le cœur au bord des lèvres, Caro peinait à respirer. Conscient de son état, Jake l'attira contre lui, avec une tendresse infinie.

— Où se trouve ta fille ?

Après un long silence, elle répondit d'un ton très bas.

— Je l'ai perdue.

Puis elle fondit en larmes.

7.

Jake reposait près de Caro qu'il gardait serrée tout contre lui, sa tête appuyée contre son épaule. Ses sanglots lui arrachaient le cœur.

La femme réservée, professionnelle, qu'il avait appris à connaître s'était métamorphosée, laissant apparaître toute sa fragilité.

— Pleure, Caro, cela te fera du bien.

Nul besoin d'être un expert pour comprendre l'intensité du chagrin qui l'étreignait. Son expression tourmentée et le désespoir contenu dans son regard étaient éloquents. Sa voix brisée provoquait en lui un véritable élan de compassion.

Depuis combien de temps portait-elle ce fardeau ? Le drame survenu dans la journée avait-il ravivé la douleur ?

S'allongeant sur le dos, Jake attira Caro contre lui et plongea ses doigts dans son épaisse chevelure. Il culpabilisait de lui avoir posé des questions intimes. Pourquoi n'avait-il pas contenu sa curiosité ?

Il sentit son cœur se serrer quand un nouveau frisson la secoua tout entière. Comment pouvait-on supporter de perdre un enfant, après l'avoir porté dans son ventre ?

La détresse de sa sœur Connie, quand elle lui avait annoncé une énième fausse couche et sa décision de se résoudre à l'adoption, lui revint en mémoire. Il se trouvait alors à l'autre bout du monde. Il avait réfréné son envie de sauter dans le premier avion pour venir la réconforter. Tout simplement parce que sa sœur et lui n'étaient plus seuls au monde. Connie et son mari s'aimaient tendrement et pouvaient compter l'un sur l'autre dans cette épreuve. Jake n'avait pas voulu s'immiscer dans leur chagrin.

Sur qui Caro pouvait-elle compter ? Depuis combien de temps refoulait-elle cette peine immense ?

Il était évident que son chagrin ne s'effacerait pas de sitôt. Jake ne savait pas ce que cela représentait d'être père, même si ces dernières années, il avait commencé à envisager de se fixer et de fonder une famille. Il s'y refusait encore, échaudé par sa propre histoire.

Il n'avait jamais connu son père, parti avant sa naissance. Quant à sa mère, elle avait ignoré ses responsabilités pour assouvir ses propres envies. Avec sa beauté saisissante, elle n'avait eu aucun mal à séduire des hommes fortunés qui lui avaient offert la vie dont elle rêvait. Elle partait pour de longs voyages qui pouvaient durer plusieurs mois sans se préoccuper du sort de ses enfants. Finalement, elle avait jeté son dévolu sur un aristocrate australien qui la voulait près de lui de manière permanente. Elle n'avait pas hésité à franchir le pas et à abandonner ses enfants.

Mais Jake n'était plus seul aujourd'hui. Grâce à Ariane, il s'était découvert une fibre paternelle qui le stupéfiait par son intensité. Pourtant, l'arrivée de cette enfant avait bousculé ses habitudes de célibataire. Mais aujourd'hui, il ne pouvait plus envisager la vie sans elle. Lui avoir rendu le sourire et redonné confiance en elle le comblait de joie.

S'il devait la perdre…

Jake serra Caro dans ses bras tout en lui murmurant des paroles de réconfort. Puis, soudain, un frisson glacé lui parcourut l'échine. Le souvenir de cette première nuit où il avait surpris la jeune femme au chevet d'Ariane, immobile, les yeux rivés sur la petite silhouette assoupie, lui revint en mémoire. L'intensité de son regard avait éveillé son sixième sens. Quelque chose n'allait pas. À présent, il comprenait. Ariane lui rappelait l'enfant qu'elle avait perdu.

Les hoquets de Caro cessèrent, de même que ses tremblements, mais elle demeura lovée contre lui, le visage enfoui dans son cou. Profondément ému, Jake l'entoura de ses bras. Cette jeune femme touchait une corde sensible en lui. Désormais, il savait ce que cachait cette façade toute en contrôle. Il connaissait son secret, ce qui la rendait encore plus attirante.

Attirante et fascinante…

Il eut un léger froncement de sourcils. Quoi qu'il se passe entre eux, il pressentait qu'ils partageaient plus qu'une simple attirance physique…

— Désolée, dit Caro en essuyant ses joues maculées de larmes. Je ne m'attendais pas à m'effondrer de la sorte.

Comme elle amorçait le geste de s'écarter, Jake la retint contre lui.

— Tu avais besoin de lâcher prise.

— Pas comme ça… Pas en vous… en t'inondant de mes larmes.

Son regard embué le toucha profondément, de même que son timide recours au tutoiement. Mais le désir qu'il éprouvait pour elle n'avait pas faibli. Honteux, il réfréna ses pulsions.

— Je te prie de m'excuser, ajouta-t-elle. Je ne sais pas ce qui m'a pris. Je ne montre jamais mes émotions en public.

— En public ? Tu étais juste avec moi.

— M'effondrer de cette manière était égoïste de ma part.

— Nous avons traversé une journée éprouvante. Être témoin du danger auquel Ariane a fait face a ravivé de tristes souvenirs.

Quand leurs yeux se soudèrent, Jake ressentit une sorte de décharge électrique. Puis, avec une étonnante vivacité, Caro lui échappa. Se relevant en toute hâte, elle agrippa son peignoir et s'en couvrit prestement.

Que signifiait donc ce geste ? Caro se sentait-elle en danger près de lui ? Puis, à la vue de ses joues cramoisies, il comprit qu'elle ressentait plutôt de l'embarras.

— Caro, je…

— S'il te plaît, Jake… Il faut que je m'en aille.

— Non, reste ! Profite du jacuzzi, je vais te laisser tranquille.

— C'est gentil de ta part, mais je préfère retourner dans ma chambre. J'ai besoin de réfléchir.

Sur ces mots, elle tourna les talons et disparut.

Caro eut tout le loisir de réfléchir sans pour autant trouver de solution à son dilemme. Incapable de trouver le sommeil, elle avait passé la nuit à batailler avec sa conscience. Elle ne pouvait laisser croire à Jake que son enfant était mort. Ou qu'elle n'était qu'une simple nounou.

La froideur qu'elle avait au départ décelée chez cet homme n'était qu'une façade. Jake éprouvait des sentiments, non seulement pour Ariane, mais peut-être aussi pour elle. Il l'avait réconfortée et n'avait manifesté aucune impatience quand ses larmes avaient mis fin à leur passion dévorante.

Il l'avait bercée gentiment, lui murmurant des paroles réconfortantes. Personne avant lui n'avait jamais pris cette peine. Peut-être sa mère, quand Caro était petite, mais personne d'autre depuis. Quand elle tombait et se faisait mal, elle devait refouler ses larmes et panser seule ses blessures. Même après avoir perdu son bébé – ou plutôt après qu'on le lui eut arraché – elle n'avait reçu aucun réconfort. Les sœurs au couvent lui avaient manifesté une attention distante, impersonnelle. Elle n'avait jamais eu d'épaule sur laquelle s'appuyer.

Avant Jake…

Caro exhala un soupir, puis prit une profonde inspiration pour chasser les sombres pensées qui l'avaient agitée toute la nuit. Le regard rivé sur les montagnes, elle regarda le soleil poindre à l'horizon, redonnant vie au paysage magnifique qui s'étendait sous ses yeux. C'est alors qu'elle sut ce qu'elle devait faire.

Il était temps d'affronter la vérité.

Aujourd'hui marquerait une étape cruciale.

Elle commencerait par avouer qu'elle était la mère d'Ariane. Puis, une fois que Jake aurait assimilé cette réalité, elle lui révélerait le reste.

Une fois cette décision prise, elle sentit toute la tension de la nuit l'abandonner.

Ce moment de grâce dura jusqu'à ce que son téléphone sonne alors qu'elle était prête à rejoindre Jake et à l'affronter.

Peu de personnes connaissaient son numéro. Son avocate, Zoé, quelques amis proches.

— Allô ?

— Enfin, elle daigne répondre !

Cette voix rocailleuse, reconnaissable entre toutes, la glaça aussitôt.

— Père…

— Vous vous souvenez qui je suis, maintenant, Carolina ? Voilà qui me surprend. Comment osez-vous me contraindre à vous appeler personnellement ? Vous n'avez répondu à aucun des messages de mon personnel. Vous n'avez pas dit quand vous arriveriez pour la fête de votre frère. J'ai autre chose à faire que jouer les secrétaires !

Caro éloigna le combiné de son oreille. Des réminiscences du passé lui revinrent en mémoire. Toutes ces années passées à obéir, à ne jamais contester la moindre décision. Pendant tout ce temps, elle avait laissé son père régenter son existence et en mesurait les conséquences aujourd'hui.

Elle eut soudain envie de hurler sa douleur. De dire à son père qu'il lui avait volé son enfant et l'avait laissée seule face à son désespoir. Mais elle se contint. Inutile de laisser libre cours à ses émotions. Mieux valait en garder le contrôle et faire preuve de calme et d'assurance.

Le jour où elle confronterait son père à ses horribles manigances, ce serait lors d'un face-à-face. Elle voulait planter son regard dans le sien et lui faire comprendre qu'il n'avait plus d'emprise sur elle. Elle rêvait de voir sa réaction quand la petite souris de la famille se dresserait contre lui.

— Vous êtes là ? tonna son père. Pourquoi ne répondez-vous pas ?

— Je suis là, Père. Et j'ai répondu aux messages en présentant mes excuses. Je ne pourrai pas assister à…

— Bien sûr que vous serez présente !

— Pas cette fois, répondit Caro avec obstination.

Le silence qui suivit laissait présager le pire. Personne ne disait non à son père. Ni sa belle-mère, ni ses demi-frères, ni le Premier ministre, ni aucun notable de Sainte Ancilla.

Lorsqu'il reprit la parole, sa voix lui glaça à nouveau le sang.

— Les fiançailles de votre frère représentent un événement majeur. Toute la famille sera présente, vous y comprise ! Une séance photo aura lieu demain soir avant la célébration. Vous devrez vous y soumettre et rester toute la semaine, pour accomplir votre devoir.

Caro prit une profonde inspiration pour se donner du courage. Elle sentait la sueur perler à son front et ses mains devenir moites.

— Je crains que ça ne soit pas possible, je…

— Je ne me répéterai pas, Carolina. Il est crucial que nous présentions un front uni lors de ces fiançailles. Ce mariage revêt une importance capitale. Quoi que vous fassiez en Suisse, je vous ordonne de rentrer tout de suite.

Caro frémit sous le choc. Comment son père savait-il où elle était ?

— Oui, je sais que vous séjournez en Suisse, reprit-il. Mes agents de sécurité me tiennent informé. Je ne leur ai pas demandé de creuser davantage. Ça ne m'intéresse pas. Toutefois…

Il marqua une pause avant d'ajouter :

— Si dans l'heure qui vient, ma secrétaire ne reçoit pas des informations sur votre heure d'arrivée, je demanderai à mes agents de sécurité de venir vous chercher. Et de vous ramener de force, s'il le faut. Ils attendent mes ordres.

Caro voulut protester, mais son père raccrocha brutalement. Les yeux écarquillés, elle contempla le téléphone, dans sa main, comme s'il s'agissait d'un insecte venimeux.

Les bras serrés autour de son corps, elle se mit alors

à réfléchir. Elle imagina les hommes en noir envoyés par son père, au volant de véhicules aux vitres teintées. Les mêmes que ceux qui l'avaient conduite dans ce couvent isolé au nord de l'île quand son père avait découvert sa grossesse. Ils avaient assuré une surveillance discrète ensuite, jusqu'à la naissance du bébé, pour prévenir toute tentative de fuite.

Ces hommes n'avaient toutefois aucune autorité dans ce pays. Peut-être pouvait-elle requérir l'aide de Jake. Il la protégerait… Mais à quel prix ? Faire intervenir la police suisse risquait d'alerter les médias dans cette vallée fréquentée par une élite fortunée.

Pire encore, elle imaginait la réaction de Jake en découvrant qui était sa famille. Cette révélation, ajoutée au fait qu'elle-même était la mère d'Ariane, risquait de provoquer un tsunami.

En proie à une angoisse grandissante, elle se mit à faire les cent pas dans sa chambre. Il fallait qu'elle trouve une issue à cette situation explosive. Si les hommes de main de son père venaient frapper à la porte de Jake, il le prendrait très mal et verrait alors en elle une ennemie déterminée à lui prendre Ariane par tous les moyens.

Il y avait toutefois une chose qu'elle ne comprenait pas. Son père ne l'avait pas menacée uniquement parce qu'elle lui tenait tête.

« Il est crucial que nous présentions un front uni lors de ces fiançailles. Ce mariage revêt une importance capitale. »

Caro connaissait suffisamment son père pour savoir que la vie sentimentale de son fils ne le préoccupait guère. Il s'agissait d'un mariage arrangé et non d'un mariage d'amour. Pourquoi son père insistait-il autant pour que la famille fasse bonne figure à l'occasion de ces fiançailles ?

Caro secoua la tête. Peu importait la réponse à cette question ; il fallait qu'elle réfléchisse à un mode d'action. Hélas, après avoir considéré la situation sous tous les angles, elle en conclut qu'elle n'avait pas le choix. Pas si elle voulait aborder calmement l'avenir d'Ariane avec Jake, sans aucune intervention de son père.

Jake emprunta le couloir qui menait à son bureau très tôt ce matin-là, après une nuit agitée au cours de laquelle il avait peu dormi. Beaucoup de travail l'attendait de toute façon, alors mieux valait s'y consacrer le plus tôt possible. Et peut-être pourrait-il ainsi chasser l'image de Caro de son esprit, ne serait-ce que quelques heures.

Cette jeune femme l'intriguait. Personne avant elle ne l'avait autant attiré. Pas même Fiona, son ex-maîtresse, la femme qu'il avait presque envisagé d'épouser. Caro éveillait en lui des émotions qu'il ne maîtrisait pas, pas plus qu'il ne les comprenait.

Au détour du couloir, en apercevant Caro devant la porte de son bureau, il marqua un temps d'arrêt, et des images de leurs étreintes torrides lui revinrent en mémoire. L'odeur de sa peau, la saveur de ses lèvres exquises…

Elle portait à nouveau l'un de ces tailleurs informes qui ne la mettaient pas en valeur. Pourtant, elle l'attirait inexorablement…

Tournée de côté, elle contemplait une peinture accrochée au mur. Sans être d'une beauté tapageuse, comme certaines de ses anciennes maîtresses, la pureté de son profil, son port de tête, la rendaient très séduisante.

Quand elle se tourna vers lui, il aperçut un reflet roux dans ses cheveux bruns, lui rappelant aussitôt le feu intérieur qui l'avait consumé la veille en la serrant dans ses bras.

Toute la nuit, il avait résisté à l'envie de la rejoindre dans sa chambre…

— Tu aimes ? lui demanda-t-il en levant les yeux vers la peinture qu'elle admirait avant son arrivée.

Une œuvre à laquelle il n'avait jamais vraiment prêté attention. La toile représentait un homme en habits sombres, tenant un globe entre ses mains.

Caro haussa les épaules.

— C'est une œuvre… intéressante. Qui doit avoir au moins quatre cents ans. Je ne comprends pas qu'on l'ait accrochée ici, en pleine lumière. Elle devrait être à l'abri des rayons du soleil.

— Peut-être s'agit-il d'une copie ?

Jake s'y connaissait très peu en art et, bien que le propriétaire du château lui ait fourni un inventaire complet du contenu de la bâtisse, il ne l'avait pas consulté. Il se trouvait dans ce lieu pour travailler et construire sa relation avec Ariane, rien d'autre.

— C'est peu probable, objecta Caro en plissant les yeux.

— Tu t'y connais en peintures anciennes ?

— J'ai étudié l'histoire de l'art.

— Je n'ai pas vu cela dans ton CV.

— Je ne suis pas allée au bout du cursus… et n'ai pas jugé utile de le mentionner.

— C'est ma faute si ce portrait se trouve ici. Je le trouvais lugubre, alors je l'ai retiré de mon bureau.

— Je vois. Je crois que, pour la préserver, tu devrais la déplacer.

— Je demanderai à Neil de s'en charger.

Pendant un long moment, leurs regards se soudèrent, puis Jake poussa la porte de son bureau et invita Caro à le précéder à l'intérieur. À son passage, le parfum de ses cheveux lui envoya des frissons dans tout le corps. Réprimant ses pulsions, il pénétra à son tour dans la pièce et se tint à distance de celle qui l'attirait comme un aimant.

Caro joignit les mains devant elle. Elle se sentait fébrile. La situation risquait encore de lui échapper si elle n'y prenait garde. Le désir qu'elle ressentait pour Jake n'avait pas faibli depuis la veille au soir.

Baissant les yeux pour échapper à son regard scrutateur, elle se mit à respirer lentement pour apaiser les battements de son cœur. Elle avait l'impression de lutter contre des forces qui cherchaient à l'entraîner dans un abîme sans fond. À cause de son père, elle ne pouvait plus se résoudre à dire la vérité à Jake à propos d'Ariane.

Conscient du trouble qui l'agitait, Jake vint à sa rescousse en lui prenant le bras.

— Caro, ça n'a pas l'air d'aller. Viens t'asseoir.

Gentiment, il l'aida à prendre place dans un fauteuil.

— Merci. Désolée, je vais bien… C'est juste que quelque chose est arrivé. Il faut que je m'absente pour le reste de la semaine. J'aurais aimé te prévenir avant, mais c'est une urgence.

— Pour aller où ?

— À Sainte Ancilla. J'ai reçu un appel de… mon père ce matin.

— Tu as reçu de mauvaises nouvelles ?

— Un problème de famille. On a besoin de moi là-bas. Jamais je ne t'aurais demandé un congé en ce moment, mais je n'ai pas d'autre choix.

Se redressant et prenant une voix plus assurée, elle ajouta :

— Je serai de retour dès la semaine prochaine.

Quand enfin elle osa affronter son regard, Jake sentit son sang se figer dans ses veines. Dans ses yeux, il lui sembla lire une sorte de peur panique, de détresse.

— Si ta famille a besoin de toi…

— Je sais que ça tombe mal et…

Il balaya ses explications d'un geste de la main.

— Tu peux partir, bien sûr. Prends tout le temps dont tu as besoin. Je me débrouillerai avec Lotte.

— Je serai de retour la semaine prochaine, promit Caro d'une voix tremblante. Tu peux compter sur moi.

8.

— Vous m'avez bien dit que Caro était partie pour Sainte Ancilla, Jake ? demanda Neil, interrompant le cours des réflexions de son employeur.

Jake détourna à contrecœur le regard de l'écran de son ordinateur où il consultait ses e-mails. Le projet qui lui tenait à cœur semblait se compliquer d'heure en heure et il n'y consacrait pas assez de temps. Il avait passé toute la matinée avec Ariane.

Mais bien sûr, il se réjouissait que sa nièce se sente désormais à l'aise en sa présence. Il s'agissait là d'une victoire qu'il devait à Caro. La jeune femme avait accompli un travail incroyable en peu de temps et il ne regrettait vraiment pas de l'avoir embauchée.

Neil s'installa sur le siège, en face de lui. L'expression de son visage était impénétrable.

— En effet. Pourquoi cette question ? Que s'est-il passé ?

— J'ai découvert qu'un événement important allait avoir lieu à Sainte Ancilla, auquel doit participer l'un de nos investisseurs potentiels.

Sans plus attendre, Neil tendit à Jake la tablette qu'il tenait à la main. Sur le petit écran s'affichait un article de journal annonçant l'agenda royal officiel.

— Eh bien, attendez quelques jours avant d'entrer en contact avec lui.

— Regardez bien la photo, Jake. La deuxième…

Il se concentra donc un peu plus sur l'écran et, s'aidant de ses doigts, agrandit les clichés. Le premier montrait un couple élégamment vêtu qui souriait au photographe. Comme le précisait le commentaire, il s'agissait du prince Paul de Sainte Ancilla et de la princesse Eva de Tarentia, tout juste fiancés.

Le cliché suivant représentait un groupe. Sur le balcon d'un imposant bâtiment étaient rassemblés des femmes arborant des tenues très chics et des hommes en uniformes.

— Hum… Et alors ? grommela Jake, qui ne s'intéressait nullement à l'aristocratie.

Il faisait certes affaire avec les membres de cette prétendue élite, mais d'un point de vue personnel il n'avait connu que des déconvenues dans ce milieu. Il y avait d'abord eu l'étranger affublé d'un titre de noblesse qui avait séduit sa mère et l'avait emmenée – à la condition qu'elle laisse ses enfants derrière elle. Et puis récemment, son ex-compagne, qui lui avait suggéré de placer Ariane dans un orphelinat plutôt que de se compliquer la vie avec cette « pseudo-nièce » – terme utilisé par Fiona elle-même, qu'il avait apprécié à sa juste mesure !

L'un comme l'autre, ils avaient démontré ne s'intéresser qu'à leur petite personne. Ces individus dépourvus de toute forme d'altruisme considéraient que le monde entier devait tourner autour d'eux.

— Regardez de plus près, insista Neil. La personne en bleu.

Jake fronça les sourcils. La plupart de ces uniformes étaient bleus. Il y avait aussi une blonde en tailleur bleu clair, et…

Les sourcils froncés, il rapprocha la tablette de son visage. Non. C'était impossible…

Cette femme habillée d'une robe d'un vert étincelant était rousse, pas brune. Il eut une poussée d'adrénaline et, les doigts posés sur l'écran, agrandit davantage encore la photo. La ressemblance était saisissante.

— C'est la princesse Carolina de Sainte Ancilla, dit alors Neil. La fille aînée du roi.

— La *princesse* Carolina ? répéta Jake, détachant chaque syllabe.

Carolina. Caro.

Non. Il s'agissait d'une pure coïncidence, rien de plus.

Il avait à présent l'impression que le sang coulait plus vite dans ses veines.

— Ce n'est cependant pas elle l'héritière du trône, mais son frère, précisa Neil. Carolina n'est pas sous le feu des projecteurs, ces temps-ci. Elle mène une vie tranquille dans le nord de l'île, tout en jouant un rôle actif dans bon nombre d'associations caritatives, notamment celles liées à l'enfance.

Jake observa la jeune femme. Exception faite de la tenue et de la couleur de cheveux – ainsi que des liens avec la royauté –, elle était le sosie de Caro.

— Qui sait, notre Caro est peut-être un membre éloigné de la famille royale ?

Notre Caro ? Était-ce bien ce qu'il venait de dire ?

Neil tendit alors le bras pour récupérer la tablette, ouvrit une autre page, puis lui rendit l'appareil en déclarant :

— Et ce n'est pas tout…

Avec son efficacité habituelle, il avait rassemblé quelques éléments intéressants.

Dotée d'une longue série de noms et prénoms, la princesse était née vingt-cinq ans plus tôt et avait perdu sa mère alors qu'elle était très jeune. Elle avait deux ans à peine quand son père s'était remarié. De ce second mariage étaient nés trois garçons, ses demi-frères. Elle avait suivi des études aux États-Unis, mais y avait mis un terme avant d'obtenir un diplôme. C'est alors qu'un scandale avait éclaté…

Il lut les titres de différents articles faisant allusion à des fêtes débridées où la consommation de drogue était monnaie courante, ce qui ne le surprit pas outre mesure. La plupart des amis de Fiona, qui appartenaient à cette caste, préféraient s'amuser plutôt que travailler. Ce qui suivait ne fut en revanche pas sans l'étonner. Après son retour à Sainte Ancilla, la princesse Carolina avait en quelque sorte disparu de la circulation. Elle avait cessé de vivre au palais et ne faisait que quelques apparitions publiques, à l'occasion de journées organisées par des associations caritatives, ou lors d'événements célébrés au palais royal. Comme les fiançailles de son demi-frère, par exemple.

Il continua de faire défiler l'écran, examinant les photos recueillies par Neil. La première était une photo de famille, sur ce même balcon qu'il venait de voir. Son regard fut aussitôt attiré par la petite fille en robe en dentelle rose qui se tenait, très raide, devant la balustrade. Puis on retrouvait cette fille aux cheveux roux à l'âge de l'adolescence, l'air un peu gauche. Tournée vers son père, elle affichait une expression fermée. Suivait une autre photo où elle posait à côté de l'un de ses demi-frères. Ils avaient tous deux un sourire figé.

Jake commençait à éprouver pour elle de la compassion. La jeunesse agitée qu'elle avait eue ne serait-elle qu'une forme de rébellion, découlant d'une enfance malheureuse ? N'aurait-elle cherché, au cours de ces folles soirées, qu'une sorte de compensation ?

Il continua de faire défiler les images et soudain retint son souffle. Le cliché qu'il avait sous les yeux était différent. Il s'agissait d'une photo prise sur le vif, où la princesse Carolina apparaissait dans une tenue décontractée, les cheveux retenus en queue-de-cheval, au milieu d'une foule de jeunes gens. Apparemment, ils étaient tous réunis là à l'occasion d'une grande fête. À demi tournée, elle regardait par-dessus son épaule et adressait un grand sourire à quelqu'un qui devait se trouver derrière le photographe. Ses prunelles, d'un violet profond, scintillaient. *Elle* scintillait ! Tout en elle reflétait la joie.

Fasciné par ces yeux, il déglutit avec peine. Ils étaient identiques à ceux d'Ariane. L'espace d'un instant, il eut l'impression que tout se figeait autour de lui. Cette couleur lui avait toujours paru étrange. Peut-être ne l'était-elle pas, à Sainte Ancilla ?

À l'aide de ses doigts, il agrandit la photo. Et cette fois, il en eut le souffle coupé. À l'arrière de l'épaule de la jeune fille, tout près de la bretelle de son T-shirt, on distinguait une petite tache de naissance en forme de virgule.

Une tache qu'il avait remarquée trois nuits plus tôt, alors qu'il tenait Caro dans ses bras…

À minuit, Jake avait toujours les sourcils froncés, les mâchoires crispées. Il était à la fois choqué – ce qui, croyait-il jusque-là, ne lui arriverait plus jamais –, furieux et habité par une sombre détermination.

Peiné aussi, même s'il lui en coûtait de l'admettre. La prétendue Caro Rivage s'était bien moquée de lui !

Mais il n'avait pas de temps à perdre en réflexions de cet ordre. Désormais, chaque heure qui s'écoulait apportait une nouvelle révélation. C'était là le fruit des recherches menées par les excellents enquêteurs dont il pouvait s'offrir les services.

Rien d'étonnant à ce que les premières vérifications concernant la candidate Caro Rivage aient abouti à un casier judiciaire vierge. Elle n'existait que d'un point de vue « artificiel », puisque Rivage correspondait à l'un des nombreux patronymes qui lui étaient attribués, bien que non utilisé.

Caro était la fille d'un roi. Ses différents noms occupaient quatre lignes sur le rapport qui s'affichait à présent sur l'écran de son ordinateur. Les nerfs à vif, Jake le relisait pour la énième fois. Dès qu'ils avaient été en possession des premiers éléments, les détectives n'avaient pas été longs à démontrer que la princesse Carolina et Caro Rivage étaient une seule et même personne.

Elle n'avait cependant pas proféré que des mensonges, car il s'avérait qu'elle avait bel et bien travaillé dans une école maternelle et que ses références n'étaient pas des documents falsifiés. Pourquoi un membre de la famille royale avait-il occupé ces postes tout en continuant d'assister à des soirées au palais ainsi qu'à des événements organisés par des associations de bienfaisance ? Voilà qui était pour le moins mystérieux.

Il y avait aussi une photo de la jeune femme prise six mois plus tôt, sur laquelle elle apparaissait portant un diadème et affichant un sourire complaisant qui le fit grincer des dents. À côté d'elle se tenait un homme de haute taille vêtu d'un costume orné de décorations qui la buvait du regard et la tenait fermement par le bras.

Lâchant un juron, Jake se leva brusquement et se mit à arpenter son bureau. Il ignorait qui était cet individu, mais il ne comprenait que trop son attitude. La princesse Carolina n'était pas digne de confiance, mieux valait la surveiller de près !

Pourtant, il ne pouvait s'empêcher de penser au moment où il la retrouverait, où il la prendrait de nouveau dans ses bras. Car aussi absurde que cela puisse paraître, la façon éhontée dont elle l'avait trompé n'avait pas réussi à dissiper son désir pour elle. Glissant nerveusement les doigts dans ses cheveux, il continua de faire les cent pas dans la pièce. Dès le tout début, elle lui avait menti. Pas seulement sur son identité, mais sur *tout*.

Cette scène dans le spa, par exemple. L'y aurait-elle attendu, sachant qu'il faisait souvent du sport le soir ? Elle lui avait fait tourner la tête, lui donnant un avant-goût de ce qu'il voulait, lui laissant entrevoir des échanges ardents. Après quoi elle avait joué sur son instinct protecteur afin d'éviter que la situation n'aille plus loin. Elle s'était cette fois encore moquée de lui dans le but de détourner son attention.

Les poings serrés, il lâcha un long soupir. Son ego le poussait à croire qu'il plaisait à la jeune femme – ce qui lui avait paru évident dès l'instant où ils s'étaient rencontrés. Son esprit en revanche lui disait que tout cela n'était que mensonge. Et en supposant qu'elle ait pour lui un véritable désir, il pressentait derrière cela *autre chose*. Elle voulait qu'il s'apitoie sur son sort pour pouvoir le manipuler à sa guise !

Quelle meilleure preuve que cette histoire émouvante montée de toutes pièces pour expliquer son départ ? Elle lui avait dit d'une voix tremblante qu'elle devait rejoindre sa famille. Elle n'était pas entrée dans les détails, mais il avait cru deviner qu'il s'agissait d'un triste événement qui nécessitait sa présence.

Or elle avait quitté les lieux pour assister à une fête au palais royal !

L'inconnu de haute taille qui la dévorait du regard sur la photo l'accompagnait-il ? Ou bien avait-elle déjà porté son choix sur un autre homme prêt à entrer dans son jeu, à se laisser berner ?

Il ressentit alors une vive douleur à la main, et s'aperçut qu'il venait de donner un coup de poing dans le mur en pierre. Comment pouvait-il accorder autant d'importance à une femme qu'il connaissait depuis peu ? Même Fiona n'avait pas réussi à provoquer en lui une telle colère. Ce, parce que malgré tous ses efforts pour cacher sa véritable personnalité, il n'avait pas tardé à mettre à nu son égoïsme.

Caro… *Carolina* l'avait, elle, attiré au premier regard, bien qu'il lui soit arrivé plusieurs fois au tout début de se méfier d'elle, de penser qu'elle lui cachait quelque chose. Mais son besoin de se rapprocher d'Ariane était tel qu'il était passé outre.

Et son besoin de garder la jeune femme sous son toit, aussi !

Il se rapprocha de la fenêtre et, le front collé à la vitre, observa les petites lumières qui luisaient au fond de la vallée. Il éprouva soudain un profond sentiment de solitude qu'il n'avait pas connu depuis fort longtemps. Il eut l'impression de replonger dans l'enfance, dans cette époque de sa vie où tant de fois il s'était isolé, se refermant sur lui-même pour tenter d'atténuer le profond chagrin que lui avait causé le départ de sa mère.

Et il comprit qu'il s'était attaché à la jeune femme. Il

avait certes eu envie d'elle, mais elle n'avait pas provoqué en lui que du désir physique.

Ce, alors qu'elle ne cherchait pour sa part qu'à récupérer Ariane. Comme cette pensée lui traversait l'esprit, il fut en proie à un malaise grandissant.

Selon les détectives, la mère biologique d'Ariane n'était autre que la princesse Carolina de Sainte Ancilla. Les différentes enquêtes conduisaient à ce résultat. La façon dont elle avait été renvoyée chez elle quand s'était répandue la nouvelle de cette dernière fête endiablée… Son isolement dans un couvent situé tout au nord de l'île pendant une bonne partie de l'année… Le fait que l'adoption d'Ariane ait eu lieu précisément dans cette région…

Comme si cela ne suffisait pas, une autre personne avait quelque temps plus tôt entrepris des recherches concernant cette adoption. Ladite personne était une avocate de Sainte Ancilla qui avait posé des questions pertinentes et demandé à consulter des dossiers. Et il s'avérait que cette même avocate était liée à la comtesse qui avait fourni une lettre de recommandation à son amie, la princesse déguisée.

Il était très facile de deviner ce qui se cachait là-dessous : un petit groupe d'aristocrates qui se soutenaient les uns les autres.

Pourquoi ?

Pour que cette chère princesse puisse récupérer Ariane !

Jake inspira profondément à plusieurs reprises sans parvenir à emplir ses poumons d'air. La colère l'oppressait. Voilà donc que Caro, ancienne jet-setteuse, décidait que finalement, elle souhaitait garder son enfant ! Eh bien, il ne lui faciliterait pas la tâche. La fillette se porterait mieux sans elle, c'était une évidence. Car qui lui disait qu'elle ne changerait pas encore d'avis dans quelques années, ou même quelques mois ? Or Ariane avait besoin d'amour et de stabilité. D'être entourée de sa famille. Et en sa qualité de tuteur, il jouait un rôle primordial auprès d'elle.

Carolina de Sainte Ancilla avait, depuis des années, renoncé à ses droits. Il était à présent trop tard pour revenir sur sa décision. Ariane était sa nièce, son unique lien avec sa sœur décédée, et il n'envisageait nullement de l'abandonner pour la confier à une femme capricieuse qui ne méritait pas la moindre confiance. Une femme prête à se servir de son corps pour parvenir à ses fins.

Cette fois cependant, les choses ne se dérouleraient pas comme elle l'espérait. Elle n'aurait pas Ariane ! Il était peut-être issu d'un milieu modeste et n'avait évité de devenir pupille de l'État que quand sa sœur était intervenue pour l'élever, mais il comptait aujourd'hui parmi les personnalités les plus en vue de ce monde. Outre sa richesse considérable, il connaissait bon nombre de personnes haut placées.

Un homme averti en valant deux, il n'attendrait pas que la princesse Carolina décide de passer à l'action. De nouvelles consignes de sécurité renforcées avaient été données au château. Elles concernaient en particulier Ariane, afin d'éviter tout risque d'enlèvement.

Et si une action en justice était intentée… Ses lèvres se retroussèrent en un sourire méprisant. Il avait déjà fait appel à une équipe composée des meilleurs experts juridiques. Mère biologique ou pas, Carolina n'obtiendrait pas la garde de l'enfant. Et il était même possible qu'il lui soit interdit de l'approcher pendant de longues années. À ce moment-là, son désir de connaître les joies de la maternité aurait sans doute disparu.

Le sourire de Jake s'évanouit soudain, faisant place à une expression presque cruelle. Il avait hâte de voir sa tête quand elle apprendrait que ses plans avaient été déjoués !

Caro avait l'impression que son sourire s'était figé. Elle avait mal aux doigts à force de serrer les mains des nombreuses personnes que son père avait invitées à ce bal. Un regard au grand miroir suspendu à l'autre bout du couloir la rassura. Elle souriait avec naturel et, dans cette élégante robe longue couleur saumon, avait l'allure de la princesse qu'elle était. Cette allure que, depuis sa plus tendre enfance, elle s'était efforcée de peaufiner, suivant les conseils – voire les directives – qui lui étaient donnés en haut lieu.

Son père ne trouverait rien à redire ce soir, du moins en ce qui la concernait. Mais il y aurait sans doute d'autres éléments qui lui déplairaient au cours de la soirée. Il ne pouvait être satisfait que si quelque chose provoquait son mécontentement.

Pour quelle raison avait-il invité tout ce monde ? Pas seulement des membres de la famille royale, des habitants de Sainte Ancilla et de Tarentia, mais aussi une foule d'autres gens. Il y avait là un nombre très élevé de banquiers et autres hommes d'affaires fortunés.

Elle doutait néanmoins que certaines rumeurs soient fondées. Il lui paraissait peu probable que le royaume ait des problèmes d'ordre matériel. Son père avait peut-être un nouveau projet en tête et avait décidé de le faire financer par un ou plusieurs mécènes.

Souriant toujours, elle salua le convive suivant et s'adressa à lui en allemand, qui, savait-elle, était sa langue natale – et réprima une grimace tandis qu'il lui serrait vigoureusement la main. Et comme elle continuait de jouer son rôle de princesse parfaite, ses pensées s'orientèrent une fois de plus vers Ariane. Passait-elle des nuits sereines, ou était-elle encore sujette aux cauchemars ?

Et surtout… Manquait-elle à la fillette ?

Peut-être était-il trop tôt pour que son absence commence à lui peser. Caro, elle, ressentait déjà les effets de cet éloignement. Après avoir passé des années à croire que son enfant était morte, elle ne savait que faire pour rattraper le temps perdu. Ce soir-là, il lui en avait coûté de ne pas appeler le château pour avoir des nouvelles de la petite fille. Mais celles que lui avait données le matin même Lotte étaient rassurantes et elle préférait ne pas se montrer trop insistante.

Bientôt, elle retournerait au château et retrouverait Ariane.

Et Jake.

Au souvenir de Jake Maynard, une brusque sensation de chaleur l'envahit tout entière. Difficile d'ignorer le désir que suscitait en elle celui auquel elle avait été sur le point de se donner. Elle qui pensait ne plus jamais être attirée par un homme, ne plus jamais réussir à faire confiance à un représentant du sexe masculin…

Jake s'était montré attentionné et prévenant, comme aucun autre ne l'avait été jusque-là. Et c'était précisément *lui*, l'obstacle qui se dressait entre sa fille et elle.

Mais pourquoi devrait-elle le considérer comme un ennemi ? Il souhaitait plus que tout qu'Ariane soit heureuse. Lorsqu'il connaîtrait toute la vérité, il comprendrait sans doute le sens de ses démarches et serait prêt à coopérer.

Elle s'efforça de garder cette pensée en tête jusqu'à ce que prenne fin ce cérémonial de bienvenue aux convives. Dans deux jours elle repartirait en Suisse, retrouverait Ariane, et exposerait la situation à Jake. Ensuite…

— Princesse Carolina ?

Le son de cette voix profonde dont les accents lui étaient devenus si familiers la fit tressaillir. Elle sentit ses jambes flageoler et eut soudain peur de perdre l'équilibre. Comment fuir cette épouvantable situation ?

Jake Maynard se tenait devant elle, superbe dans un smoking sur mesure qui mettait en valeur sa carrure d'athlète. À vrai dire, tout lui allait bien et, quoi qu'il porte, il était magnifique !

Le souffle court, elle ne savait que dire, que faire. Elle avait l'impression que ce regard gris qui avait pris la couleur de l'ardoise la transperçait.

— Ou plutôt *Caro* ? enchaîna-t-il d'un ton incisif.

La personne qui le suivait parut choquée par son comportement, mais il n'y prêta pas la moindre attention. Au lieu de se contenter de lui serrer la main, comme l'avaient fait jusque-là les autres convives, il la garda dans la sienne. Elle crut alors que les murs ondulaient autour d'eux.

Lentement, sans se départir de son expression sévère, Jake porta cette main à ses lèvres.

— Monsieur... Maynard, articula-t-elle à grand-peine.

Elle aurait payé cher pour ne pas être là. Mais elle s'imaginait mal prendre ses jambes à son cou et s'échapper, d'autant qu'il lui aurait sans aucun doute emboîté le pas. Ce, sans compter le scandale que ne manquerait pas de soulever une scène pareille au palais !

Ne se souciant pas des gens qui attendaient derrière lui, il ne lui avait toujours pas lâché la main. Et ce simple contact contribuait à la priver de tous ses moyens.

— Quel plaisir de vous voir ici ! ajouta-t-elle pourtant, d'une voix tendue qui démentait ses propos.

— Vous m'attendiez ?

Il avait haussé un sourcil, mais Caro le remarqua à peine, occupée comme elle l'était à observer son visage. Il avait les traits si crispés que ses joues en paraissaient creusées. Jamais il n'avait posé sur elle un regard pareil, aussi perçant, aussi dur.

Prise de tremblements, elle avala sa salive et s'efforça de recouvrer un semblant de calme. Elle ne pouvait pas céder à la panique. Pas là, devant cette foule ! Il fallait qu'elle explique la situation à Jake Maynard, qu'elle lui dise toute la vérité. Elle avait besoin de son soutien, pas de son hostilité.

Mais pas plus le lieu que les conditions ne s'y prêtaient, aussi puisa-t-elle en elle toute la force nécessaire pour se ressaisir.

— Je n'avais pas réalisé que vous étiez sur la liste des invités, monsieur Maynard. J'espère que vous passerez une bonne soirée.

— Elle sera sans aucun doute distrayante.

Il la tenait toujours par la main, ne prêtant pas la moindre attention aux convives alignés derrière lui, et Caro se sentait de plus en plus mal à l'aise.

— Je vous en prie...

D'un geste du menton, elle l'invita à rejoindre les portes

qui donnaient sur la grande salle de bal aux murs dorés. Devant ces portes se tenaient deux valets en costume, qui tendaient à chaque nouvel arrivant une coupe de champagne. À l'intérieur, on distinguait des silhouettes élégantes.

Au lieu de lui lâcher la main, Jake accentua la pression de ses doigts.

— Si vous me faisiez visiter les lieux, Votre Altesse ?

Cette suggestion allait à l'encontre du protocole royal tout comme des bonnes manières. Elle se trouvait là avec sa famille pour accueillir les invités – tous les invités.

— Je suis navrée, mais…

Elle chercha à retirer sa main, sans succès. Au moment où elle s'apprêtait à finir sa phrase, une voix retentit derrière elle. Une voix masculine qu'elle ne connaissait que trop.

— Excellente idée !

Elle se tourna, sidérée, vers celui qui venait de prononcer ces mots. Tout près d'elle, resplendissant dans son costume royal pourpre, se tenait son père. Et il les regardait, affichant un sourire radieux. *Son père !*

Sidérée, Caro cligna les paupières. À côté de lui, celle qu'il avait épousée en secondes noces souriait, elle aussi.

— Nous avons presque terminé de recevoir les convives, ajouta-t-il. Allez donc profiter de la soirée, jeunes gens !

Le regard de Caro croisa alors celui d'un diplomate qui attendait dans la file et elle y lut un étonnement semblable à celui qu'elle ressentait. Le roi s'était toujours montré strict envers les règles en général, et plus particulièrement à l'égard de celles régissant la vie à la cour.

— Merci, Votre Majesté, dit Jake en inclinant la tête.

Ne laissant pas à Carolina le temps de protester, il la prit par le bras et se dirigea vers l'entrée de la salle de bal.

— Je suis certain que cette soirée restera gravée dans nos mémoires, chuchota-t-il à son oreille.

Il s'était exprimé d'une voix suave que démentait aussi bien l'éclat de ses yeux que son sourire glacial, tout comme la pression de ses doigts sur son bras.

Elle sentit son sang se figer dans ses veines.

9.

Jake peinait à contrôler la frustration qui l'habitait. Lorsqu'il avait franchi le seuil de la salle de bal avec Caro, une foule d'invités s'était pressée autour d'eux pour les saluer chaleureusement. Agacé, Jake n'avait pas eu d'autre choix que de jouer le jeu. Pas plus qu'il n'avait pu empêcher Caro de se plier aux exigences de son rang. C'est ainsi qu'il avait dû la laisser partir au bras de l'homme qu'il avait déjà vu en photo auprès d'elle, et à qui elle avait promis la première danse.

Posté dans un recoin de la salle, Jake ne quittait pas le couple des yeux. Ils tournoyaient avec grâce sur la piste au son d'une valse de Vienne. Les sourires qu'ils échangeaient le mettaient à la torture. Il connaissait désormais l'identité de son partenaire. L'homme n'était autre que le prince de Tarentia, le frère de la jeune femme qui allait épouser le demi-frère de Caro. Les deux familles étant proches, peut-être qu'un autre mariage serait bientôt célébré…

Quels que soient les privilèges dont jouissait la princesse, Jake ne la laisserait pas s'immiscer dans la vie d'Ariane pour ensuite l'abandonner, comme elle l'avait fait à sa naissance. L'abandon, un sentiment que Jake ne connaissait que trop…

Quand la musique se tut, il quitta son poste d'observation pour rejoindre le couple.

— Ma danse, à présent, dit-il à l'adresse de Caro.

Ignorant la protestation outrée du prince, il passa un bras autour de la taille de sa cavalière et l'entraîna sur la piste.

Malgré la fureur qu'il ressentait, tenir cette jeune femme dans ses bras lui rappela aussitôt leurs étreintes torrides. Et le désir fou qui l'étreignait à nouveau, en cet instant précis.

— Alors, dites-moi, *princesse* Carolina, puisque vous êtes l'aînée de la fratrie, comment se fait-il que vous ne soyez pas encore mariée ? Vous n'avez pas envie de fonder une famille et d'avoir des enfants ?

Caro faillit défaillir, mais les bras de Jake la maintenaient fermement. Son cœur battait la chamade. Pourquoi avait-il mentionné des enfants ? Que savait-il au juste ? Sa double identité, bien sûr, mais pas le reste ?

Comme elle demeurait silencieuse, il insista :

— Pas de projets avec votre prince charmant ?

Se forçant au calme, elle avala sa salive avant de répondre d'un ton très bas :

— Non, je n'ai pas de projet de mariage, Jake. Et vous ? Êtes-vous en quête d'une épouse ? Je pourrais vous présenter quelques ravissantes candidates.

Malgré le sentiment de panique qui l'étreignait, Caro se sentait prête à affronter la colère de Jake.

— Je n'ai pas l'intention de me marier, lâcha-t-il sèchement. J'ai rencontré trop de menteuses et de manipulatrices dans ma vie pour faire confiance à qui que ce soit.

Ces mots la frappèrent par leur brutalité. Même si Jake avait raison, Caro se savait dans son bon droit. Certes, elle lui avait menti. Mais comment aurait-elle pu faire autrement ?

— Attention ! On pourrait vous accuser de misogynie. Il ne faudrait pas que vous deveniez un vieux solitaire grincheux.

Jake eut un sourire moqueur.

— Aucune chance que cela m'arrive ! Nombreuses sont les femmes qui me courtisent. Certaines ont même l'audace d'entrer dans ma vie incognito. Mais, elles n'ont aucune chance avec moi, quelles que soient leurs manœuvres.

Indignée, Caro serra les lèvres. Elle en avait assez d'être rejetée par les êtres qui comptaient ou avaient compté dans sa vie. Par son père d'abord, qui l'avait ignorée et même rabaissée parce qu'elle n'était pas un garçon. Par Mike, ensuite, qui avait découvert en elle un tempérament affirmé, alors qu'il pensait avoir affaire à une jeune fille naïve et docile. Il avait pris un malin plaisir à l'humilier en lui disant qu'elle n'arrivait pas à la cheville de ses conquêtes habituelles. Et à présent par Jake Maynard qui la méprisait.

Avec une force qui la surprit elle-même, elle se libéra de son étreinte et tourna les talons, le laissant seul sur la piste de danse. Puis, sous les regards effarés des convives, elle s'enfuit en courant, traversa toutes les pièces du rez-de-chaussée et gravit les marches qui menaient aux appartements privés du palais. Une fois parvenue devant sa chambre, elle voulut s'y réfugier, mais une silhouette imposante se matérialisa devant elle au moment où elle allait refermer la porte.

— Parfait, dit Jake, en entrant dans la pièce. Exactement ce dont nous avions besoin : un endroit tranquille pour poursuivre notre discussion.

Essoufflée, le cœur battant à tout rompre, Caro porta la main à sa poitrine.

— Non, je veux que tu t'en ailles !

— Pourquoi ? Tu as peur de rester seule avec moi ? Préférerais-tu que des témoins assistent à cette conversation ?

— Ce n'est pas cela…

Malgré la colère qui l'habitait, Caro avait peur de ses réactions face à Jake Maynard. De son incapacité à contrôler les émotions qu'il lui inspirait. En sa présence, elle avait l'impression de marcher sur une corde raide avec la crainte de basculer dans le vide à tout moment.

Se forçant au calme, elle afficha une expression glaciale, semblable à celle que son père arborait fréquemment.

— Je ne t'ai pas invité ici.

— Quel dommage, *princesse* Carolina ! ironisa-t-il. Nous avons tant de choses à nous dire.

— En effet, mais pas ici, pas maintenant…

Jake secoua la tête.

— *Si*, ici et maintenant, insista-t-il. Et pour ce qui est de l'invitation, j'aimerais clarifier les choses.

Il se pencha vers elle et planta son regard dans le sien avant d'ajouter :

— Je ne t'aurais jamais invitée chez moi si j'avais su qui tu étais. La fautive, c'est toi.

— Je comprends que tu aies pu être surpris en apprenant mon identité et je regrette de ne pas t'avoir dit la vérité d'entrée de jeu. Mais j'avais de bonnes raisons…

— De bonnes raisons de mentir et de tricher ? De voler aussi, peut-être ?

— Je ne triche pas ! protesta Caro, indignée. Et je ne suis pas une voleuse.

— C'est toi qui le dis. De mon point de vue, tu es une misérable menteuse doublée d'une tricheuse. Quand je pense à tes larmes l'autre soir et à la compassion que j'ai ressentie pour toi…

— Je ne mentais pas !

— Sauf que ton bébé n'est pas mort, n'est-ce pas, Caro ? Ta fille est en vie et en parfaite santé.

— Tu sais ? souffla-t-elle d'une voix étranglée.

Comment était-il possible qu'il connaisse la vérité au sujet d'Ariane ? Effondrée, elle s'agrippa au dossier d'un fauteuil pour ne pas défaillir.

— Oui, je sais, admit Jake, en jetant sur elle un regard de profond mépris. Et je te le dis : tu ne la récupéreras pas. Jamais. Je mettrai tout en œuvre pour m'en assurer.

— Non ! cria-t-elle en se précipitant vers lui. Ne dis pas cela.

Caro avait agrippé les revers de sa veste et le regardait droit dans les yeux. Jake se raidit aussitôt.

— Vas-tu à nouveau user de tes charmes, te servir de ton corps pour me convaincre ? Ça ne marchera pas, cette fois.

— Je ne ferais jamais une chose pareille !

— Vraiment ?

Il y avait tant de fureur contenue dans le regard de Jake que Caro se sentit vaciller.

— Essaies-tu de me faire croire que tu n'avais pas de but caché en t'offrant à moi ? insista-t-il. Que tu n'utilisais pas tes charmes pour obtenir ce que tu voulais ?

Caro pinça les lèvres. Elle ne voulait plus penser à cette soirée dans le spa, pas plus qu'elle ne souhaitait justifier ses actes. L'homme qui se tenait devant elle ne ressemblait pas à celui qui l'avait serrée dans ses bras. Il était devenu un étranger. Un étranger qui continuait d'exercer sur elle une attirance folle, hélas.

— Ne sois pas insultant. Je ne ferais jamais cela.

— Ah bon ? Parce que tu es une princesse royale vertueuse qui n'a jamais fait de faux pas ? Parce que tu n'as jamais eu d'enfant illégitime que tu as ensuite abandonné, en même temps que son père ? Ne t'es-tu jamais inquiétée du sort de ta fille ? Croyais-tu vraiment que la laisser à la merci d'étrangers faisait de toi une personne responsable ?

Comme elle amorçait un mouvement de recul, Jake l'agrippa par la taille et la serra contre lui.

— Tu ne mérites pas d'être mère, souffla-t-il contre son visage. Tu es peut-être née avec une cuiller en argent dans la bouche, tu es et resteras toujours une égoïste de la pire espèce…

Une gifle retentissante interrompit la diatribe de Jake. D'un geste rageur, il attrapa la main de Caro et la serra dans la sienne.

— Tu ne me feras pas taire aussi aisément, *princesse*. Je ne suis pas un de tes laquais. Je dis ce que je veux, quand je veux et…

Caro n'était plus en mesure d'entendre quoi que ce soit. Ses oreilles bourdonnaient, son pouls battait à ses tempes, elle avait les nerfs à fleur de peau. Alors, ne sachant plus à quel saint se vouer, elle se dressa sur la pointe des pieds et écrasa sa bouche contre celle de Jake.

10.

Jake eut l'impression que la foudre s'abattait sur lui, rivant ses pieds au sol. Son corps tout entier se tendit, puis une sensation de vertige s'empara de lui. Il se sentait complètement démuni. Les lèvres douces de Caro pressées sur les siennes, ses seins dressés contre son torse, la chaleur de son corps le rendaient fou.

Fou de désir.

Un désir si intense que toute sa fureur s'envola.

Seule comptait cette étreinte torride. Sans cesser de l'embrasser, Jake souleva Caro dans ses bras et se dirigea vers le lit où il la déposa avant de s'allonger près d'elle. Mais très vite, une même urgence les saisit, celle de se donner l'un à l'autre sans entrave. Avec des gestes fébriles, ils retirèrent leurs vêtements puis s'adonnèrent à un corps à corps passionné, un ballet endiablé qui les emporta jusqu'à des cimes inexplorées. Le plaisir les saisit en plein vol… jusqu'à ce que Jake prenne soudain conscience de l'horreur de la situation : il n'avait pas utilisé de préservatif. C'était la première fois de sa vie qu'il prenait un tel risque.

Les mâchoires crispées, il se retira et se laissa tomber sur le dos. Longtemps, il demeura immobile, les yeux fermés, l'esprit tourmenté. Jusqu'à ce que soudain, il se souvienne de la présence de Caro à ses côtés. Un regard lui suffit pour comprendre qu'il l'avait profondément blessée en l'abandonnant ainsi. Des larmes coulaient sur son visage ravagé par la peine.

Caro fermait les yeux pour masquer sa détresse. Une fois remise de ses émotions, elle se forcerait à affronter l'avenir. Elle reprendrait pied dans la vie réelle. Aucun autre choix ne s'offrait à elle. Elle se battrait seule, comme toujours, parce qu'elle n'avait pas le droit de se montrer faible.

Le regard que Jake avait porté sur elle juste après leur étreinte l'avait bouleversée. Elle y avait lu du dégoût… du dégoût pour sa personne, pour ce qu'elle représentait à ses yeux : une égoïste, une tricheuse, une menteuse. Il s'en voulait sans doute de ne pas avoir résisté à la tentation de la faire sienne, dans un corps à corps intense, presque brutal. Une séance de sexe débridé comme Caro n'en avait jamais connu. Avec son ex-petit ami, jamais elle n'avait éprouvé pareille extase. Elle venait de découvrir ce que signifiait la passion charnelle…

Soudain, elle sentit une main se poser délicatement sur son épaule. D'un geste brusque, elle se redressa dans le lit et tira le drap sur son corps. Quand elle croisa le regard de Jake, elle s'étonna d'y découvrir une forme de compassion. De la pitié, peut-être.

— Tu pleures…

— Mais non, éluda-t-elle en essuyant rageusement ses larmes du revers de la main.

— J'ai été brusque, je t'ai fait mal…

— Pas du tout.

— Alors, pourquoi pleures-tu ?

— Ce n'est rien.

Jake lui prit le menton entre ses doigts avant de planter son regard dans le sien.

— Si je ne t'ai pas fait mal, pourquoi ces larmes ?

— C'était une expérience intense… J'ai été surprise.

— Ce n'est pas parce que nous avons omis de nous protéger ?

Effarée, désorientée, Caro écarquilla les yeux et porta une main à sa bouche, comme pour étouffer un cri. Cette vérité venait de la frapper de plein fouet. Avec Mike, elle avait toujours insisté pour qu'ils se protègent, ce qu'ils avaient fait malgré les protestations du jeune homme. Le destin s'était moqué d'elle de la pire des manières : malgré toutes les précautions prises, elle était tombée enceinte de Mike. Mais avec Jake, le risque ne l'avait pas effleurée une seule seconde…

— Sois rassurée, je n'ai aucun problème de santé, lui dit-il.

Caro baissa les yeux et serra les lèvres. Elle ne risquait rien, excepté une grossesse…

Comme elle gardait le silence, Jake reprit :

— Normalement, tu devrais me dire que toi non plus tu n'as aucun souci de santé.

— Je… Je n'en ai pas, bredouilla-t-elle.

— Tu ne t'exprimes pas d'une manière très convaincante, remarqua-t-il avant d'ajouter : Combien d'amants as-tu eu ces derniers temps ?

Caro sursauta, puis fronça les sourcils.

— Aucun ! protesta-t-elle d'un ton offusqué. Enfin, aucun depuis plusieurs années… depuis ma grossesse.

Le silence se fit dans la pièce, oppressant, électrique. Du coin de l'œil, elle vit que Jake la dévisageait avec incrédulité.

— Es-tu en train de me dire que tu n'as eu qu'un seul amant ?

Caro leva le menton d'un air de défi.

— Est-ce un crime ? Je ne veux pas connaître le nombre de tes maîtresses et je te crois quand tu prétends être sain.

— Et toutes ces fêtes débridées qui ont fait les gros titres ? Et qui ont obligé ton père à te ramener au bercail ?

Un frisson glacé la parcourut.

— Tu es au courant de cela ? Quelle efficacité !

— C'est plutôt Neil qu'il faut féliciter.

Caro se sentit soudain prise de nausées. Que Jake la méprise au plus haut point, soit… Mais Neil l'avait toujours traitée avec bienveillance. Qu'il ait pu croire les torchons auxquels Jake faisait référence la rendait affreusement triste. Elle pensait s'être fait un allié de ce garçon sympathique.

— Rien de ce qui est paru dans la presse n'était vrai, dit-elle d'une voix étranglée.

— Pardon ?

Prise d'un accès de colère, Caro se redressa pour affronter le regard insistant de Jake.

— Toutes ces histoires étaient fausses. C'était mon petit ami, Mike, qui participait à ces fameuses fêtes, pas moi.

— Comme c'est pratique !

Furieuse, elle lâcha le drap qui la recouvrait pour repousser Jake de toutes ses forces, mais il agrippa ses mains. Quand elle vit son regard se porter sur ses seins dénudés, elle se mit à trembler de tous ses membres.

— Lâche-moi ! cria-t-elle d'une voix plaintive.

Ce qu'il fit, à contrecœur visiblement. Il attendit qu'elle ait remonté le drap sur elle pour déclarer d'un ton sérieux :

— Il faut qu'on parle.

Elle jeta un regard à sa montre et constata avec horreur que beaucoup de temps s'était écoulé depuis leur départ de la salle de bal.

— Non… Je dois retourner à la réception.

Puis, elle se rendit compte de l'horreur de la situation. Tous leurs vêtements étaient éparpillés sur le sol. Même sans se regarder dans le miroir, elle savait que sa coiffure avait souffert de leurs ébats, sans doute son maquillage avait-il coulé également. Ce que Jake ne manqua pas de lui confirmer.

— Si tu redescends… dans cet état-là, tu vas provoquer un scandale.

— Père sera furieux si je ne réapparais pas.

Cette idée lui parut soudain jouissive. Son père serait en effet profondément contrarié. Elle n'avait pas encore eu l'occasion de lui parler du vol de son bébé. Un échange des plus orageux en perspective…

Chaque chose en son temps, songea-t-elle en se tournant vers Jake.

En cet instant précis, il semblait disposé à l'écouter. Alors elle se lança :

— Tu as raison. Il est grand temps que je te dise tout.

11.

Jake et Caro prirent le temps de réajuster leur tenue, puis s'installèrent chacun dans un fauteuil l'un en face de l'autre. Ce fut Jake qui engagea la conversation.

— Comment as-tu changé la couleur de tes cheveux et de tes yeux ?

Ce n'était pas la question la plus importante, mais cette métamorphose le subjuguait. Cette teinte flamboyante, le violet intense de son regard sublimaient la beauté de ses traits.

— Des lentilles de contact et un shampoing colorant. Dès mon retour à Sainte Ancilla, j'ai demandé à un coiffeur de me rendre ma couleur naturelle. La teinte que j'avais appliquée sur mes cheveux n'aurait pas duré longtemps de toute façon. C'était un risque à courir, mais je l'ai pris parce que je voulais à tout prix rencontrer Ariane. Quand j'ai su où elle se trouvait, j'ai tout mis en œuvre pour la rejoindre au plus vite.

Jake cherchait son regard, mais elle fixait un point loin derrière lui.

— Quel était ton plan ? L'enlever ?

Cette mention la fit sursauter.

— Jamais de la vie ! Je savais qu'Ariane venait de perdre les seuls parents qu'elle connaissait. Aujourd'hui, elle a encore du mal à accepter les changements survenus dans sa vie.

Elle secoua la tête et sourit d'un air triste avant d'ajouter :

— La kidnapper… certainement pas. Elle a besoin de stabilité, pas de vivre un autre drame.

Jake l'observait avec attention, guettant chacune de ses expressions, comme s'il cherchait à lire en elle. Sans doute doutait-il encore de sa sincérité. Comme il gardait le silence, elle poursuivit sa confession.

— Quand l'offre d'emploi de gouvernante est parue, j'ai postulé immédiatement, contre l'avis de mon avocate qui me conseillait d'attendre encore avant de te rencontrer. Je savais que si je te disais la vérité tout de suite, tu ne me laisserais pas approcher ta nièce.

— Tu envisages donc de réclamer la garde d'Ariane ?

— C'est ma fille.

Caro s'exprimait d'un ton calme, mais ses yeux étincelaient. Sa détermination ne laissait planer aucun doute. Jake se félicitait d'avoir renforcé la sécurité autour de sa nièce et de ne pas être revenu avec elle à Sainte Ancilla. Il craignait que par des manœuvres douteuses, la famille royale parvienne à ses fins.

Il secoua la tête.

— Tu as perdu tes droits sur elle quand tu l'as abandonnée. Que les choses soient bien claires. Tu n'es pas la mère d'Ariane. Ma sœur l'était. Son mari et elle ont passé de nombreuses nuits à son chevet quand elle était bébé, parce qu'elle faisait des cauchemars. Ils jouaient avec elle, l'entouraient de beaucoup d'amour, et ils lui ont enseigné tout ce qu'elle sait. Pas toi. Tant que je vivrai, tu ne l'approcheras pas.

Les mots de Jake la blessèrent au plus profond. Le rappel cruel de tout ce dont sa fille avait été privée lui infligeait une souffrance intolérable.

Une fois mise au courant, Ariane lui pardonnerait-elle sa défection ?

Caro prit une profonde inspiration. Elle ne supportait plus le mépris de Jake à son égard.

— Ce n'est pas ce que tu crois. Je n'ai pas abandonné ma fille. Elle m'a été arrachée.

Jake haussa les sourcils d'un air incrédule avant de rétorquer :

— Croit-on encore aux contes de fées ici ? Il va falloir faire mieux que ça, princesse Carolina. Personne ne peut retirer un enfant à sa mère sans son consentement. Tu étais une adulte, de même que ton amant. Vous aviez des responsabilités. Mais vous l'avez abandonnée…

Ces mots faisaient écho au sentiment de culpabilité qui ne l'avait jamais quittée au fil des années, et Caro refoula les larmes qui se pressaient à ses paupières.

— Le père d'Ariane est mort avant sa naissance.

— Veux-tu que je te témoigne de la compassion ?

— Non ! s'écria Caro en se tordant les mains de désespoir. Je veux que tu m'écoutes.

Après un long silence, Jake s'adossa à son siège et croisa les jambes. Son regard d'acier se planta dans le sien.

Malgré l'attitude glaciale qu'il lui opposait, Caro avait terriblement envie de se rapprocher de lui, de sentir ses bras autour d'elle, son souffle chaud sur son visage, la caresse de ses lèvres sur les siennes. Mais elle devait se rendre à l'évidence : jamais ils ne retrouveraient la merveilleuse intimité qu'ils avaient partagée.

Levant les yeux vers la toile accrochée au mur derrière Jake, elle s'éclaircit la voix avant de poursuivre sa confession.

— Après le lycée, je suis partie étudier aux États-Unis…

— Où tu as mené une vie dissolue.

— Pas du tout ! Mais j'étais ravie car pour la première fois, je pouvais fréquenter mes propres amis, pas ceux approuvés par mon père. Je passais le plus clair de mon temps à étudier, l'histoire de l'art en particulier. J'espérais travailler un jour dans un musée ou une galerie.

Elle s'interrompit pour exhaler un long soupir avant de poursuivre :

— C'est ainsi que j'ai rencontré Mike, un autre étudiant. Nos personnalités étaient diamétralement opposées. Il était confiant, extraverti, charmant…

— Comme toi ce soir, pendant le bal.

Caro détourna les yeux.

— Grâce à un long apprentissage. Chez Mike, ces qualités étaient innées. En réalité, il n'était pas l'homme que j'imaginais. Mais je suis tombée amoureuse de lui. Nous sommes devenus amants et je croyais avoir trouvé le bonheur.

Un bonheur que Caro n'avait jamais connu dans sa famille auprès d'un père qui l'accablait de reproches et une belle-mère qui trouvait sa présence encombrante.

— Nous allions ensemble à des fêtes, reprit-elle d'un ton las. Certaines dérapaient complètement, mais comme je m'en allais de bonne heure, je n'en étais pas témoin. Je n'ai jamais consommé de drogue, contrairement à Mike qui le faisait à mon insu. Quand je suis tombée enceinte, je n'ai pas compris ce qui m'arrivait, parce que Mike utilisait des préservatifs. Défectueux, sans doute.

— Voilà qui me paraît très étrange, Caro. La paternité n'intéresse pas trop les hommes de cet âge-là.

— Mike n'était pas comme les autres. J'ai compris qu'il voyait en moi une sorte de passeport pour la richesse et les privilèges. Une sorte d'assurance-vie.

Comme Jake plissait les yeux d'un air dubitatif, elle poursuivit :

— Au départ, c'était très romantique. Il m'a demandée en mariage et j'ai accepté. Je nous croyais profondément amoureux et envisageais un avenir radieux. Jusqu'à ce que je rentre un soir et le surprenne avec une autre femme.

Jake se pencha en avant. La colère avait remplacé l'incrédulité dans son regard.

— J'étais dévastée…

Caro avait tout de même échappé au pire. Découvrir la vraie nature de Mike après le mariage l'aurait détruite.

— Je l'ai quitté sur-le-champ et quand il a compris que je ne reviendrais pas en arrière, il est devenu odieux. Il refusait ma décision. Son comportement… s'est altéré, sans doute à cause des drogues qu'il consommait.

Comme Caro frissonnait, Jake demanda :

— T'a-t-il menacée ?

— Ce n'est pas le plus grave… Mike a contacté le palais. Il a dit à mon père que j'étais enceinte, espérant ainsi obtenir le mariage qu'il convoitait tant. Il savait que mon père refuserait que j'élève un enfant illégitime.

— Mais tu ne t'es pas mariée.

— Non… Et mon père a acheté le silence de Mike qui ne s'est pas contenté de prendre l'argent. Il a révélé à la presse que je prenais part à des fêtes débridées, que je buvais et me droguais. Mon père s'est appuyé sur ce scandale pour expliquer mon retour à Sainte Ancilla.

— Et ton amant ?

— Il est mort d'une overdose quelques mois après mon départ.

— Je vois. Alors, tu es revenue vivre auprès de ta famille.

Un sourire désabusé se peignit sur les lèvres de Caro.

— Pas au palais, non. Pas auprès de ma famille.

Elle frissonna à nouveau au souvenir des hommes en noir qui l'avaient cueillie à l'aéroport.

— J'ai été conduite dans un couvent à l'autre bout de l'île où j'ai séjourné jusqu'à la naissance d'Ariane. Le seul message que j'ai reçu de la part de mon père disait qu'il reviendrait vers moi lorsque *mon petit problème* serait résolu.

— Et tu as accepté ?

— Pas du tout ! J'ai tenté de m'échapper plusieurs fois, mais mon père avait veillé à ce que le couvent soit sous étroite surveillance. Je n'avais à ma disposition ni téléphone ni ordinateur et mes amis ignoraient où je me trouvais. J'ai découvert plus tard que mon père avait fait circuler la rumeur selon laquelle je me remettais d'un problème de santé.

À son regard, Caro comprit que Jake avait eu vent de cette rumeur.

Ces réminiscences la mettant à l'agonie, Caro quitta son fauteuil pour se poster à la fenêtre depuis laquelle elle avait une vue imprenable sur les jardins du palais, illuminés comme en plein jour. Son père ne manquerait pas de lui reprocher d'avoir quitté la fête. Affronter ses foudres ne l'inquiétait pas, car elle avait un âpre combat à mener : récupérer sa fille.

— J'ai donné naissance à Ariane au couvent, reprit-elle.

Contrairement aux vœux de son père, elle avait décidé d'élever seule son enfant, même si cela signifiait renoncer à tous ses droits à Sainte Ancilla. Mais elle avait sous-estimé la cruauté de son père ainsi que l'état de faiblesse provoqué par son accouchement. Elle avait perdu beaucoup de sang et perdu connaissance plusieurs fois.

— Ce fut long et difficile… Je n'ai pas entendu le bébé pleurer. Je n'ai vu que le dos de la sage-femme qui l'emportait. On m'a annoncé ensuite qu'il était mort-né.

Caro avala sa salive et agrippa les rideaux de la fenêtre pour se soutenir. Il lui semblait revivre ce moment traumatisant, l'angoisse qui l'avait submergée, la douleur dans ses entrailles. Se concentrant sur les lumières du jardin et sur les notes de musique émanant de la salle de bal, elle se força à poursuivre son récit.

— Il m'a fallu beaucoup de temps pour récupérer. Après ce drame, j'ai refusé de rentrer au palais. Je me suis installée à l'autre bout de l'île pour travailler auprès d'enfants. Récemment, la plus jeune des deux sages-femmes qui m'avaient assistée lors de l'accouchement a pris contact avec moi. Elle venait de donner naissance à son premier enfant et… m'a avoué ressentir une terrible culpabilité depuis la nuit où j'avais perdu le mien. C'est à la naissance de sa propre fille qu'elle a compris qu'elle devait me dire la vérité. C'est ainsi que j'ai appris que ma fille était vivante, qu'elle avait été sans doute adoptée.

Caro peinait à maîtriser le tremblement de sa voix. Quand elle affronterait son père, il lui faudrait beaucoup plus d'assurance. Se forçant au calme, elle se tourna vers Jake. À sa surprise, elle vit qu'il avait quitté son siège et se tenait près d'elle, de l'autre côté de la fenêtre. Son expression indéchiffrable dissimulait une tension palpable.

— Tu connais la suite, conclut-elle.

— Je dispose de toutes les ressources pour vérifier tes dires.

Ainsi, il ne la croyait toujours pas ? Un petit rire nerveux la secoua.

— S'agit-il d'un avertissement ? Eh bien, vas-y ! Plus tu obtiendras de preuves, plus il me sera facile de réclamer la garde d'Ariane.

Visiblement, elle n'avait pas choisi la bonne approche, comme en témoignaient les éclairs dans le regard de Jake. Mais elle en avait assez des comportements autoritaires des hommes. Elle voulait récupérer sa fille, et rien ni personne ne l'en empêcherait !

Jake serra les lèvres, refusant la confrontation. Quoi qu'il se soit passé autrefois, Ariane n'en demeurait pas moins sa nièce et elle avait besoin de lui. Il la protégerait tant que cela serait nécessaire.

Malgré tout, l'histoire que venait de lui relater Caro le tourmentait. Il ressentait un mélange de colère et d'empathie. Il ne devait toutefois pas perdre de vue que cette jeune femme était sa rivale.

— Je réserve mon jugement jusqu'à ce que j'obtienne la preuve que tu ne t'es pas débarrassée de ta fille, finit-il par lâcher d'un ton sec.

Les traits de Caro s'illuminèrent.

— Très bien. Je t'arrangerai un rendez-vous avec la sage-femme.

— Parfait.

— Eh bien… Je crois que nous nous sommes tout dit. Peut-être vaudrait-il mieux que tu rejoignes les invités…

— Je me fiche de cette soirée. C'est toi que je suis venu voir.

Pendant un long moment, ils se dévisagèrent en silence. L'air devint soudain électrique, tandis que chacun retenait son souffle. Pas de doute, l'alchimie fonctionnait toujours entre eux et leur attirance mutuelle n'avait pas faibli.

— Il est tard, murmura Caro. Je ne peux t'apporter aucune preuve ce soir.

— Veux-tu que je parte ? demanda Jake d'un ton très bas.

La gorge sèche, Caro ouvrit la bouche, mais aucun son n'en sortit. Une chaleur intense l'enveloppa soudain, tandis que le désir s'insinuait dans ses veines.

Comme elle demeurait silencieuse, Jake insista :

— Caro ?

— Je…

— Parce que moi, je n'ai pas envie de partir.

— Que… Que veux-tu ?

— Toi. Nous. Ensemble, à nouveau.

— Mais… Tu me méprises.

Il secoua la tête.

— Je te méprisais, oui, avant que tu me révèles ce qui t'est arrivé.

— Tu me crois, alors ?

— Je te l'ai dit : je réserve mon jugement jusqu'à obtention des preuves.

Il laissa échapper un long soupir avant d'ajouter :

— Mais je te désire toujours. Peut-être même plus qu'avant.

Ces mots troublants de sincérité lui allèrent droit au cœur. Bouleversée, elle prit une profonde inspiration pour ne pas fondre en larmes.

— Je te désire depuis l'instant où tu es entrée dans mon bureau dans ce tailleur pourtant si peu séduisant.

— Je t'attirais ? demanda-t-elle d'une voix incrédule.

— Tu ne t'en es pas rendu compte ? Je pensais que c'était évident.

— Le sexe… ne peut que rendre la situation encore plus compliquée entre nous, dit-elle d'une voix mal assurée.

Un sourire en coin accueillit cette remarque.

— Il est un peu tard pour s'en préoccuper, non ? Nous sommes habités l'un comme l'autre par une tension insoutenable. Restons ensemble cette nuit, pour l'apaiser.

Caro se sentit faiblir.

— Et après ? Nous nous quitterons *bons* ennemis ?

Jake fit courir un doigt sur sa joue, puis sur ses lèvres entrouvertes qui frémirent à ce contact.

— Appelons cela une trêve, jusqu'au début des négociations.

C'était absurde, imprudent et irresponsable.

Mais si tentant…

Caro frissonna, tous ses sens en émoi. Elle ouvrit la bouche pour refuser cette proposition insensée, mais aucun son ne franchit ses lèvres…

12.

Jake se réveilla seul, au petit matin, dans le lit de Caro. Toute la nuit, ils avaient partagé des moments de sensualité dont le souvenir resterait à jamais gravé dans sa mémoire. Il espérait toutefois ne jamais regretter cette folie, car si leur différend échouait dans une cour de justice, la situation risquait d'être compliquée.

Les révélations que Caro lui avait faites la veille l'intriguaient. Il avait très envie de la croire quand elle disait avoir été privée de son bébé contre son gré. Il mènerait toutefois les investigations nécessaires.

Observant le décor qui l'entourait, Jake s'étonna des différences entre cette pièce et le reste du palais. Malgré ses hauts plafonds ornés de moulures et sa taille impressionnante, la chambre de Caro ne respirait pas l'opulence. Meublée simplement d'un lit, d'un fauteuil recouvert de tissu, elle était confortable, sans plus. Sans doute parce que la jeune femme séjournait rarement au palais. Seule une bibliothèque remplie de livres occupant tout un pan de mur témoignait de sa présence occasionnelle. Intrigué, il se leva pour en inspecter le contenu. On y trouvait des livres d'enfant, des classiques et des ouvrages d'art. Une étagère croulait sous des carnets de croquis. Intrigué, il consulta l'un d'entre eux. Il y découvrit des esquisses de jardins, de silhouettes humaines et d'oiseaux, le tout réalisé avec beaucoup de maîtrise et de sensibilité.

Une fois sa curiosité assouvie, il jeta un regard autour de lui dans l'espoir d'en apprendre davantage sur la jeune femme avec qui il avait passé la nuit. Sur une étagère d'angle, il aperçut un cadre avec un portrait qui aiguisa aussitôt son intérêt. La jeune femme sur la photo, âgée d'une trentaine d'années, avait les cheveux roux et non auburn, comme ceux de Caro, mais toutes deux se ressemblaient étrangement. Elles avaient les yeux du même violet soutenu. Comme Ariane… Il ne pouvait s'agir que de la mère de Caro, la grand-mère de sa nièce…

Jake reposa le cadre sur l'étagère, songeur. Neil lui avait appris que Caro avait perdu sa mère lorsqu'elle était toute petite et que son père s'était très vite remarié. Il pensa alors à Ariane qui avait perdu ses parents adoptifs très jeune, elle aussi.

Se pouvait-il vraiment que Caro lui ait dit la vérité ? Qu'on lui ait fait croire que son bébé était mort-né, la privant ainsi de ce lien maternel dont elle-même avait été privée ?

À cette idée, il sentit son cœur se serrer et eut envie de la retrouver au plus vite.

Jake descendit le grand escalier qui menait au rez-de-chaussée sans croiser âme qui vive, à part un serviteur figé à l'entrée de la grande salle de bal désertée à cette heure. L'homme ne lui adressa pas même un regard, comme si sa présence en ces lieux de si bon matin n'avait rien d'anormal.

Avançant à grands pas, il voulait à tout prix retrouver Caro qui s'était volatilisée. Une attitude qui avait tout pour le surprendre, surtout après leurs étreintes de la nuit.

Après avoir franchi une enfilade de pièces, il perçut des voix assourdies et se dirigea vers elles. Par la porte entrebâillée d'un immense bureau, il aperçut le roi, Hugo de Sainte Ancilla, assis dans un fauteuil imposant, et Caro, vêtue d'un tailleur strict, installée face à lui, le dos droit et le menton relevé.

Jake allait pénétrer dans la pièce quand Caro prit la parole :

— J'ai suivi vos ordres, je suis rentrée et ai assisté à

tous les événements de la semaine. Quant à mon départ très tôt hier soir… Je ne veux pas en discuter avec vous.

— Comment osez-vous me parler de cette manière ?

— J'ose, Père, en effet, répliqua-t-elle en le défiant du regard. J'ai décidé de venir à Sainte Ancilla parce que vous avez menacé d'envoyer vos chiens de garde me chercher, ce qui aurait compromis mes projets.

— Des projets ? Vous n'en avez pas. Vous passez votre temps à jouer les institutrices. Il est grand temps que vous rentriez dans le rang.

Il s'adossa à son siège et afficha un affreux sourire avant de reprendre :

— Le prochain mariage sera le vôtre, annonça-t-il. Je pense à un banquier américain avec qui je veux faire affaire. Je connais votre penchant pour les Américains.

Jake renonça à révéler sa présence quand il vit Caro pâlir.

— Il semble que les Australiens vous plaisent bien aussi, reprit le roi avec sarcasme. Vous pourriez épouser celui avec qui vous avez passé la nuit. Votre comportement scandaleux pourrait tourner à notre avantage. La fortune de cet homme est colossale.

Blêmissant sous l'insulte, Caro se leva et frappa des deux mains sur le bureau de son père.

— Agissez comme bon vous semble avec mes frères, mais pas avec moi. C'est terminé ! Je sais ce que vous avez fait, je connais les mensonges que vous avez proférés, les lois que vous avez bafouées.

Pendant un instant, le roi se tut, puis il reprit d'un ton venimeux :

— Prenez garde, Caroline. Je vous ai laissée mener votre vie à votre guise pendant des années, mais je peux vous remettre au pas d'un claquement de doigts.

Caro secoua lentement la tête.

— Pas cette fois. Plus jamais. Vous m'avez volé mon enfant. Vous l'avez fait adopter sans mon consentement !

La main de Jake se crispa sur l'encadrement de la porte.

C'était donc vrai…

Il sentit son cœur se serrer au souvenir des choses qu'il avait dites la veille.

— Il était hors de question que vous gardiez cet enfant.

— C'est une fille.

— Une bâtarde ! siffla le roi avec une moue dégoûtée. J'ai fait ce qu'il fallait pour préserver le nom de notre famille. Vous devriez m'en être reconnaissante…

— Reconnaissante ? Certainement pas ! Je sais où elle se trouve et vais aller la chercher. Nous vivrons ensemble. Je compte élever ma fille et…

— Vous n'en ferez rien, coupa son père, furieux. Oubliez cette idée tout de suite. À moins que vous ne préfériez passer une nouvelle année à l'isolement jusqu'à ce que vous recouvriez la raison ?

C'en était trop. Jake devait intervenir. Il toqua à la porte et passa la tête par l'entrebâillement, le sourire aux lèvres.

— Bonjour, Votre Majesté… Carolina. J'espère ne pas vous déranger.

Il les regarda tour à tour, attendant une réaction. Le roi fut le premier à répondre.

— Pas du tout ! lança-t-il d'un ton mielleux.

— Tant mieux, répliqua Jake en entrant dans la pièce.

Il rejoignit Caro et posa une main possessive sur sa taille.

— Carolina m'a promis une promenade dans la campagne aujourd'hui. N'est-ce pas, chérie ?

Muette de stupeur, Caro eut un léger froncement de sourcils.

— Je tenais à vous remercier, Votre Altesse, pour l'invitation d'hier soir, reprit Jake. C'était formidable. Vous n'êtes pas sans savoir que, comme la plupart de vos convives, j'envisage moi aussi d'investir dans votre magnifique pays.

Ignorant le regard éberlué de Caro, Jake observa le roi et vit que sa ruse avait fonctionné. Neil avait sans doute raison quand il disait que les caisses du royaume n'étaient plus aussi pleines qu'autrefois.

— C'était un plaisir de vous compter parmi nous !

J'espère que vous accepterez notre hospitalité pour le reste de votre séjour.

— Volontiers…

Il prit la main de Caro dans la sienne, puis susurra :

— J'espérais un départ matinal pour notre tour de l'île, à moins que…

Il laissa sa phrase en suspens pour permettre à son hôte de répondre.

— Bien sûr ! Carolina, je compte sur vous pour faire visiter à M. Maynard notre parc d'activités.

Caro voulut intervenir, mais Jake fut le plus prompt.

— Excellente idée ! Mais d'abord, Carolina m'a promis la découverte de quelques sites de grand intérêt.

Caro finit par prendre la parole à son tour :

— C'est exact. Partons maintenant si nous voulons tout voir.

— Vous viendrez me trouver dès votre retour, Carolina, dit le roi avec autorité.

Jake maintint un sourire de façade sur son visage durant la traversée du palais, tout en serrant la main glacée de Caroline dans la sienne.

Il ressentait un mélange de culpabilité pour les propos affreux qu'il lui avait tenus la veille et une haine tenace à l'égard de ce roi cruel et indigne…

Ils demeurèrent silencieux jusqu'à leur retour dans la chambre. Une fois la porte fermée, Jake prit Caro dans ses bras sans qu'elle lui oppose la moindre résistance. À nouveau, il ressentit une pointe de culpabilité. Il ne méritait pas sa confiance.

— Je vais te sortir de là, lui dit-il d'un ton grave. Tout de suite.

Caro se laissa docilement conduire par Jake sur le chemin qui menait au château. Son absence avait duré moins d'une semaine et le printemps était arrivé dans les Alpes. La neige commençait à fondre. Des fleurs des champs émergeaient ici et là, mais Caro se sentait glacée de l'intérieur.

Les événements s'étaient précipités : la confrontation avec son père, le départ de Sainte Ancilla en jet privé. Tout lui paraissait irréel. Jamais elle n'aurait imaginé qu'un jour un homme volerait à son secours.

Un homme capable de l'impossible en un rien de temps. Il lui avait suffi de passer un appel pour tout organiser pendant qu'elle regroupait dans un grand sac ses effets les plus précieux : le portrait et les bijoux de sa mère, ainsi que quelques livres illustrés qu'elle avait toujours voulu conserver pour le jour où elle aurait des enfants.

Pendant qu'ils s'échappaient du palais, Caro avait songé à la réaction de son père quand il découvrirait leur disparition. Les menaces qu'il avait proférées devaient être prises au sérieux. Le roi était un homme dur et impitoyable. Tant qu'elle demeurait à Sainte Ancilla, il détenait tous les pouvoirs, quoi qu'en dise la loi.

— Il faut que je te remercie, dit-elle à Jake. Pour m'avoir fait quitter l'île.

— Tu n'as pas à me remercier. J'étais heureux de partir, moi aussi. Te sens-tu rassurée, maintenant ?

Caro hocha la tête en signe d'assentiment, puis reporta son attention sur le paysage magnifique composé de forêts, de montagnes et de prairies.

— Je ne m'en serais jamais aussi bien sortie sans ton aide. J'adore mon pays, mais ne peux pas y vivre. Pas avec les menaces de mon père ! S'il envoie ses hommes à ma recherche…

Elle frissonna et entoura ses épaules de ses bras.

— Ne t'inquiète pas, mon personnel s'en occupe. Nous en parlerons plus tard. Pour l'heure, sache que tu es en sécurité ici.

Il pointa du doigt le château avant d'ajouter :

— Ici, personne, pas même le roi de Sainte Ancilla, ne vous fera de mal, à toi et à Ariane.

— Merci.

Sentant sa tension la déserter, elle parvint à esquisser un sourire.

— Es-tu certain d'être le même homme que celui qui s'est introduit hier soir dans le palais avec un regard qui criait vengeance ?

Jake ne répondit pas. La mine sérieuse, il se tourna vers Caro pour prendre ses deux mains dans les siennes.

— Je te dois des excuses. J'ai tiré des conclusions hâtives à ton égard, infondées et douloureuses pour toi. Pourras-tu me pardonner ? J'ai honte des propos que je t'ai tenus, de la manière dont je t'ai traitée, en privé et en public. Tu ne méritais pas cela. J'ai perdu le contrôle.

Le remords dont témoignait Jake était réel, Caro n'en doutait pas. Ses mots, son mépris l'avaient heurtée, au plus profond de son cœur. Mais à ce moment-là, il ne connaissait pas la vérité.

— Je ne peux pas te blâmer d'avoir douté de moi. Je suis venue chez toi incognito, je t'ai menti. Ma seule excuse est que j'étais désespérée, effrayée à l'idée de ne jamais connaître ma fille. Je craignais en te révélant mon identité d'entrée de jeu que tu m'empêches de la voir alors que je venais tout juste d'apprendre qu'elle était en vie.

— Caro, tu n'as pas à…

— Si, laisse-moi t'expliquer. Je déteste le mensonge. J'ai très vite compris que tu aimais Ariane et désirais la protéger, mais je savais aussi que tu verrais en moi une ennemie et que tu risquais de ne pas croire mon histoire. Une histoire de belle-mère démoniaque et de mauvais sort…

La belle-mère de Caro n'était pas réellement mauvaise. Mais seuls ses propres enfants comptaient à ses yeux et elle n'avait aucune tendresse à l'égard de la fille d'une autre femme. Tous les torts revenaient à son père, un homme profondément égoïste, manipulateur et cruel.

Caro s'interrogeait souvent sur le sort qui lui aurait été réservé si sa mère avait survécu. On la disait gentille, mais triste. Sans doute avait-elle connu l'enfer auprès de son mari.

— Quoi qu'il en soit, intervint Jake, j'aurais dû attendre de connaître tous les faits. L'abandon d'enfant touche en moi une corde sensible. J'ai vu rouge et agi sans réfléchir. Crois-le ou non, ce n'est pourtant pas dans mon tempérament.

La caresse des doigts de Jake sur les siens la troublait profondément. Alors qu'elle venait de fuir son pays, son père, que sa vie prenait un tournant dramatique, elle n'arrivait pas à se concentrer sur ses propres problèmes à cause de Jake et des sentiments qu'elle éprouvait pour lui.

— Ne t'inquiète pas, je suis plus coriace que j'en ai l'air, affirma-t-elle.

— Tu n'as pas besoin de me convaincre de ta force de caractère, Caro. Il en fallait pour traverser cette épreuve, continuer à vivre et endurer les mauvais traitements de ton père.

— Je ne lui avais jamais tenu tête avant. Je le laissais…

— Arrête ça tout de suite ! Ne te blâme pas. Il était ton père, ton roi et détenait tous les pouvoirs.

Longtemps, ils se dévisagèrent en silence.

— J'ai une question à te poser, reprit Jake, rompant la magie de l'instant.

— Oui ?

— Dois-je t'appeler Carolina, maintenant ?

Elle ne put s'empêcher de sourire.

— J'en suis venue à détester mon prénom, à cause de mon père. Dans sa bouche, il résonne comme un reproche permanent. Mes amis m'appellent Caro.

Jake esquissa une révérence qui l'amusa.

— Puis-je t'appeler Caro moi aussi ?

— Bien sûr ! pouffa-t-elle avant de reprendre son sérieux. Et maintenant ? Qu'allons-nous faire ? Quelle est la prochaine étape ?

— La prochaine étape ? Il n'y a aucune urgence. Pour le moment, concentre-toi sur le fait qu'Ariane et toi êtes en sécurité.

Caro sentit son cœur se gonfler d'émotion. Elle ressentait une profonde reconnaissance à l'égard de Jake.

— Et nous ? demanda-t-elle timidement. Y a-t-il un « nous » ?

Une expression indéchiffrable se peignit sur le visage de Jake. Elle mourait d'envie de savoir ce qu'il pensait. Regrettait-il d'avoir fait d'elle sa maîtresse ?

— Est-ce ce que tu veux ? finit-il par demander.

Prise de panique, Caro serra les lèvres. Elle ne se sentait pas prête à lui révéler la force de ses sentiments. Comme elle demeurait silencieuse, il ajouta :

— Tu n'as pas besoin de me répondre maintenant, Caro. Chaque chose en son temps, d'accord ?

À l'instant précis où elle allait prendre la parole, un cri d'enfant se fit entendre.

Tous deux tournèrent la tête vers le château. Neil et Ariane venaient à leur rencontre.

— Allons-y, Caro, proposa Jake en lui prenant la main. Il est grand temps que tu retrouves ta petite fille.

13.

Jake observait Ariane et Caro, assises devant lui sur la banquette du petit train à crémaillère qui les conduisait en haut de la montagne. Pour mieux profiter du paysage, Ariane avait grimpé sur les genoux de sa mère et la tenait par le cou. Leur joie partagée faisait plaisir à voir.

Ariane ignorait encore son lien de parenté avec Caro. Jake avait proposé d'attendre que la fillette soit en mesure de comprendre ce que cela signifiait avant de lui expliquer la situation, ce à quoi Caro avait donné son accord.

Ariane n'en demeurait pas moins sa nièce et le serait pour toujours. Après consultation de ses avocats, il apparaissait que selon la loi, tous deux avaient des droits, l'un en qualité de tuteur légal, l'autre en tant que mère biologique. Ils pensaient toutefois que Jake sortirait vainqueur de ce combat, ne serait-ce que pour le bien de la fillette qui ne verrait pas sa vie chamboulée.

Jake n'en éprouvait aucun triomphe.

Il ne voulait pas de démêlés juridiques avec Caro.

Des rires le sortirent de sa rêverie et il tourna la tête vers le spectacle qui avait déclenché l'hilarité de la mère et de sa fille : un chien qui batifolait dans la neige. Ces cheveux mêlés aux reflets tantôt cuivrés ou auburn, ces yeux de ce même violet profond, ces sourires si semblables, lui serrèrent le cœur. Quel magnifique tableau !

Jake voulait garder Ariane près de lui, mais aussi Caro.

Elle était sa maîtresse depuis Sainte Ancilla. Le soir

de leur retour en Suisse, elle l'avait spontanément rejoint dans sa chambre, et depuis, ils ne se quittaient plus.

Dix jours durant lesquels son désir pour elle n'avait pas faibli d'un cran, au contraire. Le besoin de la posséder physiquement le tenaillait, mais il y avait davantage : ce qu'il éprouvait pour cette jeune femme s'était métamorphosé en une passion dévorante.

— Oncle Jake ?

Deux paires d'yeux le dévisageaient.

— Oui ? Pardon, je rêvassais…

— À quoi tu pensais, oncle Jake ? Tu as l'air bizarre.

— Ah bon ? Bizarre comment ?

Il se mit à loucher, ce qui déclencha aussitôt un éclat de rire cristallin. Voir sa nièce rayonner de la sorte le comblait de joie.

— Ou bien comme ça ? poursuivit-il en tirant la langue.

Ariane gloussa encore plus fort et applaudit en levant les mains très haut. Quand il croisa le regard de Caro, il y décela une tendre complicité qui l'exalta. Que devait-il en conclure ?

Depuis son départ de Sainte Ancilla, Caro vivait une sorte de rêve éveillé auprès de Jake, même si tous deux n'avaient pas encore évoqué l'avenir d'Ariane.

Pour le moment, elle se sentait en sécurité. Malgré les messages furieux que lui envoyait son père, Jake avait réussi à le convaincre de se tenir à distance. Mais Caro n'était pas naïve au point d'imaginer que cet état de grâce durerait indéfiniment.

Zoé avait appelé dans la journée pour la prévenir que la garde d'Ariane ne serait pas facile à obtenir. Elle lui conseillait de parvenir à un arrangement équitable avec Jake. Ce qui convenait à Caro, même si elle avait du mal à imaginer que sa fille puisse vivre à mi-temps avec elle et avec son oncle, à des milliers de kilomètres de distance…

La porte de la salle de bains s'ouvrit sur Jake, torse nu, une serviette de bain nouée autour de ses hanches étroites.

— Tu es réveillée ? lui demanda-t-il avec un large sourire auquel elle répondit aussitôt, subjuguée par la vision de ce corps magnifique.

— Quelque chose ne va pas ?

— Non, tout va bien, répliqua-t-elle en réajustant les oreillers dans son dos.

Quand elle se tourna de nouveau vers Jake, elle affichait cette expression calme et sereine qu'elle avait pour habitude d'arborer face au mépris de son père ou à la désapprobation de sa belle-mère.

Son cœur battait toutefois la chamade et des gouttes de sueur perlaient à la racine de ses cheveux. Son pouvoir de dissimulation laissait à désirer, comme en témoignait le froncement de sourcils de Jake qui avait pris place près d'elle.

— Crains-tu une éventuelle grossesse ? À cause de cette toute première nuit ?

— C'est peu probable, mais nous aviserons si cela devait se produire.

— Tu ne serais pas seule, Caro, dit Jake en lui prenant la main. Je veillerais sur toi. J'assume toujours mes responsabilités.

C'était bien là le drame ! Elle ne voulait pas que Jake se sente responsable d'elle. Pas plus qu'elle ne voulait se positionner en rivale pour la garde d'Ariane.

— Je pensais remettre cette conversation à plus tard, mais finalement mieux vaut ne pas attendre. Il faut qu'on parle, Caro.

La douceur de son ton, sa manière de la dévisager, l'alertèrent aussitôt. Jake allait-il lui annoncer qu'il ne renoncerait jamais à Ariane ?

— D'accord, répondit-elle avec un soupir. Cette situation ne peut durer éternellement.

— Ma mission en Suisse est presque terminée. Le projet qui m'occupait touche à sa fin.

Caro écarquilla les yeux, surprise. À aucun moment, elle n'avait envisagé le départ de Jake.

— Ce n'était pas un projet à long terme ?

— Si, répliqua-t-il en haussant les épaules, mais comme tout fonctionne, ma présence ici n'est plus nécessaire. Mon rôle consistait à attirer des investisseurs.

Caro secoua la tête.

— Est-ce toujours ainsi que les choses se passent ? Quitter la scène dès que les fonds sont réunis ? De quel projet s'agit-il ?

— Un projet d'aide aux victimes de guerres et de catastrophes naturelles. Principalement des enfants. Ma mission consistait à faire pression sur des entreprises puissantes et des gouvernements en misant sur leur désir de redorer leur blason.

— Des œuvres de charité, en quelque sorte... Pourquoi des enfants ?

— Parce que ce sont les êtres les plus fragiles. Tu ne penses pas qu'il s'agisse d'une bonne cause ?

— Au contraire ! C'est formidable. Je suis curieuse, c'est tout.

Caro pensait tout connaître de Jake. En vivant à ses côtés avec Ariane, en le voyant interagir avec son personnel, elle avait découvert de nombreuses facettes de sa personnalité. Celle-ci en était une nouvelle.

— J'ai passé quelques années à l'armée, expliqua-t-il. On nous avait déployés dans la région Asie-Pacifique après une succession de catastrophes naturelles suivies d'une guerre civile. Certains enfants...

Elle vit son visage s'assombrir.

— Les enfants sont les plus vulnérables, reprit-il, surtout s'ils sont isolés. Cela peut prendre des années pour retrouver la trace de leur famille... Et on n'y parvient pas toujours. La plupart des aides se concentrent sur la nourriture et les abris. Seules quelqucs agences veillent à procurer à ces enfants perdus un environnement propice à leur épanouissement. Des familles d'accueil aimantes, par exemple.

L'émotion contenue dans les propos de Jake était palpable. Des images de guerre et de zones ravagées lui revinrent en mémoire et elle frémit en imaginant qu'un tel sort aurait pu être réservé à Ariane.

— Ce que tu fais est admirable, dit-elle d'une voix vibrante. Et tu as raison de pousser de grands groupes à contribuer à cette cause.

— Cela leur assure une bonne presse.

— J'ignorais ton passé dans l'armée.

— Ma carrière militaire n'a pas duré longtemps. Je n'aimais pas qu'on me donne des ordres. J'ai eu des ennuis, enfant, et ma sœur m'a conseillé l'armée pour échapper à l'endroit où nous vivions.

— Tu n'étais pas heureux chez toi ?

À la tension de ses épaules, Caro crut qu'il ne répondrait pas. Mais il finit par ébaucher un sourire triste.

— Ce n'était pas si mal, mais je causais des problèmes. J'étais inadapté… Une sorte de marginal. Ma sœur me disait que si je ne me ressaisissais pas, je finirais en prison.

— Ta sœur, pas tes parents ?

Un regard gris se riva au sien.

— Je n'ai jamais connu mon père et ma mère nous abandonnait régulièrement. Elle revenait chaque fois qu'un de ses amants rompait avec elle. Lors de son départ définitif, j'avais à peine quatorze ans et Connie s'est occupée de moi, m'évitant ainsi de me retrouver en famille d'accueil.

Caro sentit l'air se raréfier dans ses poumons. Il n'y avait rien d'étonnant à ce que la cause des enfants perdus le touche. Les mots terribles qu'il avait prononcés quand il avait cru qu'elle avait abandonné Ariane lui revinrent en mémoire.

— Oui, acquiesça-t-il, comme s'il avait lu dans ses pensées, je traîne un certain nombre de casseroles. En général, je les garde pour moi. Je suis désolé…

— Non, ne sois pas désolé. Tout cela, c'est du passé.

Tu as fait beaucoup de chemin depuis. Après l'armée, la finance. Comment s'est opérée cette transition ?

— L'armée m'a enseigné la discipline et aussi que le monde était vaste. Cela m'a donné envie d'apprendre et de travailler dur. Puis, ma sœur et moi avons saisi une opportunité. Un énorme complexe commercial devait se construire près de la petite maison de nos grands-parents dans laquelle nous vivions. On nous l'a rachetée une fortune. Connie a dépensé sa part dans les voyages. J'ai investi la mienne, trouvé un emploi en ville et appris la finance. De fil en aiguille, j'ai augmenté mon patrimoine.

Comme Caro le regardait avec de grands yeux étonnés, il prit son menton entre ses doigts.

— Qu'y a-t-il ?

— Rien… Je suis impressionnée par ta réussite.

Soudain, l'angoisse l'étreignit, au souvenir des propos qu'il lui avait tenus plus tôt. Il fallait qu'elle en ait le cœur net.

— Tu disais que ta mission était terminée. Où comptes-tu aller ?

— Dans un endroit qui convient à Ariane. J'avais songé à Sainte Ancilla, jusqu'à ce que ton père…

Il haussa les épaules avant d'ajouter :

— Peut-être en Australie.

— En Australie ? s'étrangla Caro. Si tu emmènes Ariane avec toi, je ne la reverrai plus !

— À moins que tu viennes avec nous.

— Pardon ? Tu veux que je te suive en Australie ?

— Ou ailleurs. Je suis ouvert aux suggestions. Un endroit où nous pourrions construire un foyer pour Ariane.

Nous… Un foyer…

Le cœur de Caro s'emballa.

— Que suggères-tu exactement, Jake ?

Il hésita et, non sans surprise, Caro décela de l'incertitude dans son regard. C'était impossible ! Cet homme incarnait la confiance en soi.

— Nous pourrions élever Ariane ensemble.

— Ensemble… Pas à tour de rôle ?

— Je veux qu'elle vive dans un environnement stable auprès d'une famille aimante. Nous pourrions former cette famille.

Caro avala sa salive. Les mots se bloquèrent dans sa gorge nouée par l'émotion. Elle le savait désormais : elle était profondément amoureuse de Jake chez qui elle avait découvert d'immenses qualités et des fragilités insoupçonnables au départ.

— Ça pourrait marcher, Caro, reprit-il avec une lueur de tendresse au fond des yeux. Un mariage de convenance pour le bien d'Ariane. Qu'en dis-tu ?

14.

Jake vit le feu qui couvait dans le regard de Caro s'éteindre. Elle cilla une ou deux fois et serra les lèvres.

Un mariage de convenance…

Comme elle demeurait silencieuse, il ajouta :

— C'est la meilleure des solutions. Ariane a besoin de stabilité et d'une famille aimante. Auprès de nous, elle sera heureuse. Et nous aussi, parce que nous nous entendons très bien.

— Mais… Pourquoi le mariage ?

— Pourquoi pas ?

— N'est-ce pas un peu extrême ? Nous pourrions nous partager la garde, six mois avec toi, six mois avec moi.

— Tu l'as dit toi-même. Si nous vivons éloignés l'un de l'autre, l'un de nous ne verrait pas Ariane pendant de longs mois. Grâce à ma proposition, elle nous aurait tout le temps près d'elle. Par ailleurs, si par hasard tu étais enceinte, ce serait la meilleure solution, non ?

— Tu as pensé à tout, n'est-ce pas ?

— Il faut être pragmatique. Aucun de nous ne souhaite se battre au tribunal pour la garde d'Ariane.

Enfin, à son grand soulagement, il vit Caro hocher la tête. Au moins, ils étaient d'accord sur ce point.

— À nous d'opter pour une solution qui nous convienne à tous les trois. Pourquoi ne pas vivre ensemble ? Construire sur les bases existantes ? Je suis sûr que ça peut marcher.

— Vraiment ?

Il planta son regard dans le sien. Ce n'était pas le regard

d'une femme heureuse. Pourtant Jake lui offrait la sécurité, l'opulence, la possibilité d'élever sa fille…

Pour la énième fois au cours de son existence, il se sentit rejeté, si bien que lorsque Caro lui annonça qu'elle avait besoin de réfléchir, il se contenta de hocher la tête. Puis, il se leva et quitta la chambre d'une démarche raide.

Le soleil caressait le visage de Caro tandis qu'elle contemplait le paysage paisible sous ses yeux : les montagnes aux sommets encore enneigés, les prairies où apparaissaient les premières fleurs printanières.

Elle se savait en sécurité désormais avec Ariane, loin de l'influence néfaste de son père. Ses messages de menace commençaient à s'espacer. Sans doute avait-il d'autres chats à fouetter. Des problèmes d'argent, lui avait dit Jake qui avait mené sa propre enquête.

Un véritable lien s'était créé entre sa fille et elle, lien qui se renforçait de jour en jour. Grâce à Jake, à qui elle devait tant. Sans lui, rien de tout cela n'aurait été possible. Son amour pour Ariane n'avait rien de feint. Il la chérissait comme sa propre fille.

Hélas, il ne nourrissait pas les mêmes sentiments vis-à-vis d'elle. Il lui avait proposé de l'épouser pour offrir à sa nièce un foyer stable et attendait toujours sa réponse. Le délai de réflexion qu'elle lui avait demandé avait modifié le comportement de Jake à son égard. Si, sur le plan physique, il la comblait toujours autant, elle sentait en lui une sorte de retenue.

— Qu'y a-t-il, Caro ? lui demanda soudain sa fille, interrompant sa sombre rêverie. Tu as l'air triste !

Très vite, Ariane avait décidé de son propre chef de recourir au tutoiement avec celle qui était devenue bien plus que sa nounou.

— Rien, ma chérie, répondit-elle avec un sourire. Je savourais la tranquillité de ce magnifique paysage.

— Max aime beaucoup cet endroit. Il n'est pas sûr d'avoir envie de vivre ailleurs.

— Ailleurs ?

— J'ai entendu oncle Jack et Neil. On déménage. Tu viens avec nous, Caro ?

Elle hésita un bref instant puis hocha la tête.

— Oui, ma chérie.

Cette fois, les jeux étaient faits. Ariane comptait trop à ses yeux pour qu'elle refuse l'offre de Jake.

Elle épouserait l'homme qu'elle aimait sans attendre qu'il l'aime en retour. Un jour, il se lasserait d'elle et irait chercher le plaisir auprès d'autres femmes. C'était inéluctable…

Caro serra les lèvres et chassa ces sombres pensées.

Une heure plus tard, alors qu'elle se rendait dans le bureau de Jake pour lui faire part de sa décision, son téléphone sonna. Sans consulter le numéro d'appel, elle décrocha.

— Oui ?

— Enfin ! répondit son père avec un agacement perceptible. Ne vous avisez pas de raccrocher, Carolina, ou votre amant en pâtira !

Le soleil disparaissait derrière les montagnes quand Caro se força à quitter son siège, près de la fenêtre. Elle avait l'impression qu'une vie entière s'était écoulée en moins d'une heure. Non pas que son père l'ait gardée très longtemps au téléphone, mais il s'était montré très clair : elle devait renoncer à Jake et à Ariane. Le roi n'était pas le genre d'homme à proférer des menaces en l'air. S'il jurait de détruire l'homme qu'elle aimait, elle savait qu'il y parviendrait. Même si cela devait prendre des années, il manipulerait la vérité, fabriquerait de fausses preuves, soudoierait des gens, pour détruire la réputation de Jake ainsi que ses affaires. Et ce, sans le moindre scrupule. Il prévoyait même de salir la mémoire de sa défunte sœur en arguant de malversations immobilières à Sainte Ancilla.

À moins que Caro renonce à sa fille et revienne, seule, au palais.

Son père avait pris tout son temps pour mûrir son plan. Ses menaces lui avaient par ailleurs fait comprendre qu'il s'ingérerait toujours dans sa vie, sans jamais cesser de distiller son poison, jusqu'à atteindre Ariane.

La gorge serrée, Caro refoula ses larmes. Plus que jamais, elle devait se montrer forte. Elle espérait que sa fille serait heureuse auprès de son oncle, malgré son absence. Et qu'elle n'apprendrait jamais le lien de parenté qui l'unissait à son ancienne nounou. Il fallait que Jake lui promette de garder le secret.

Jake avait attendu suffisamment longtemps. Plusieurs jours s'étaient écoulés et Caro ne lui avait toujours pas donné sa réponse. Et il avait le sentiment que le lien qui les unissait s'était rompu.

Sans hésiter davantage, il se rendit dans sa chambre et la trouva debout devant une valise ouverte sur le lit. Quand elle tourna la tête vers lui, il vit que son visage avait pris une teinte livide.

Il savait pourquoi : il n'était pas assez bien pour elle… Une douleur sourde lui serra la poitrine.

— Voilà donc ta réponse ? demanda-t-il d'un ton sec. Allais-tu m'en faire part ou disparaître sans m'avertir ?

— J'allais t'en parler. Je suis désolée, Jake… J'ai longuement réfléchi à ta proposition, mais ça ne marchera pas. Il est temps que je parte.

Elle se détourna pour se remettre à plier ses affaires.

— Dans ce cas, tu devras te battre contre moi pour la garde d'Ariane, dit-il d'un ton tranchant.

— Non, c'est inutile. Ariane sera mieux avec toi. Tu es son oncle. Elle te connaît, elle t'aime.

Sa voix se brisa sur ces derniers mots. Éberlué, Jake la dévisagea intensément.

— Tu abandonnes ta fille ? Cette fille que tu voulais

tant retrouver au point de te présenter chez moi sous une fausse identité ? Au point de tenir tête à ton père ?

Il se rapprocha de l'endroit où elle se tenait avant d'ajouter :

— Je ne te crois pas.

Que se passait-il ? Le trouvait-elle repoussant au point d'abandonner sa fille plutôt que de devoir vivre avec lui ?

Il la vit soudain redresser les épaules et lever le menton.

— J'ai pris ma décision. Ariane sera heureuse auprès de toi. Je sais que tu t'occuperas très bien d'elle. Avec moi… il vaut mieux qu'elle grandisse à distance de ma famille.

Cette référence à sa famille le fit tiquer. Quelque chose clochait dans cette histoire.

— Que se passe-t-il, Caro ?

— Rien…

— Pourquoi ne pas m'épouser et offrir à Ariane la vie que nous désirons tous deux lui donner ?

— J'ai commis une erreur. Je ne suis pas faite pour être mère. J'ai besoin de…

— Caro…

Son prénom lui fit l'effet d'une caresse et elle étouffa un sanglot. Jake l'attira alors dans ses bras, mais il la sentit se raidir.

— Dis-moi ce qui ne va pas, lui enjoignit-il. Je sais que tu ne me dis pas la vérité.

Caro se dégagea de son étreinte et agrippa une poignée de vêtements qu'elle jeta pêle-mêle dans la valise.

— Je t'en supplie, ne rends pas les choses plus difficiles, Jake. Je ne veux pas t'épouser. Nous nous rendrions malheureux et ce ne sera pas bon pour Ariane.

— Et si tu es enceinte ?

— Il y a peu de chances que je le sois.

Jake ferma un instant les yeux et prit une profonde inspiration.

— Chérie, dis-moi ce qui ne va pas. Nous trouverons une solution. Je te veux près de moi, avec Ariane.

— Non ! C'est impossible ! Nous ne le pouvons pas.

Jake comprit soudain au désespoir contenu dans la voix de Caro qu'il ne s'agissait pas d'un rejet, mais plutôt d'une fuite. Elle avait peur…

À nouveau, il l'attira dans ses bras et, cette fois, elle abandonna toute résistance. La tête nichée dans son cou, elle se mit à pleurer doucement.

— Que s'est-il passé ? murmura Jake à son oreille. Que crains-tu ?

— Je…

Elle s'interrompit et secoua la tête, incapable d'en dire davantage.

— C'est ton père, n'est-ce pas ? Il t'a contactée.

Une lueur dans son regard lui confirma ses doutes. Malgré les efforts qu'il avait déployés pour empêcher le roi de s'en prendre à sa fille, il avait échoué. De son côté, il avait enquêté sur le royaume et avait eu connaissance d'odieuses malversations ainsi que de détournements de fonds. Le roi se trouvait aujourd'hui dans une position délicate et son château de cartes menaçait de s'écrouler.

— Je… Je ne peux pas vivre avec Ariane et toi.

— C'est faux, tu mens, quelque chose t'effraie. Que t'a dit ton père ?

Caro laissa échapper un long soupir.

— Il exige mon retour, finit-elle par avouer. Il veut que j'épouse une personne de son choix.

— Sinon ?

— Il te détruira. Il trouvera le moyen de te briser, quel que soit le temps que cela prendra. Il produira de fausses accusations contre toi, trouvera des témoins à charge affirmant que tu as enfreint la loi. Il salira la mémoire de ta sœur…

— C'est tout ?

— Ne comprends-tu pas ce que cela signifie ? Il détruira ta réputation et tes affaires ! Tu ignores à quel point il est retors !

— Oh ! je le sais ! En revanche, j'ignore ce que toi, tu veux. Sans ces menaces, accepterais-tu de rester avec moi ?

Caro secoua la tête d'un air désespéré.

— Jake, je t'en prie, écoute-moi. Il détruira tout ce que tu as bâti. Je ne peux pas le laisser…

— Il n'en fera rien, coupa Jake, pour la bonne raison qu'il est au bord du gouffre. Il a détourné des fonds et puisé illégalement dans les ressources du royaume.

Sidérée, Caro écarquilla les yeux.

— Il s'est montré imprudent, reprit Jake. Je ne suis pas le seul financier à avoir enquêté sur lui. Il est au bout du rouleau. Il cherche à se servir de toi pour sauver sa peau. Il croit sans doute que je fermerai les yeux s'il te tient entre ses griffes. Il ne pourra pas t'atteindre, Caro. Je te le promets.

— Tu as enquêté sur lui ? Mais pourquoi ? Tu ignorais qu'il avait proféré des menaces contre toi !

— Pour une raison simple : je suis tombé amoureux de toi, Caro. Ce n'est pas seulement pour le bien d'Ariane que je veux t'épouser.

— Mais… Tu parlais d'un mariage de convenance !

— Il m'a fallu du temps pour admettre l'évidence. J'ai très peu connu l'amour dans ma vie…

— Bienvenue au club ! répliqua Caro avec un sourire.

Toute sa tension s'était évaporée, remplacée par une incroyable exaltation.

— Je n'arrive pas à y croire, reprit-elle d'un ton plus sérieux.

— Pourtant c'est vrai. J'ignore en revanche ce que tu ressens pour moi.

Leurs regards se rivèrent l'un à l'autre, puis Caro se laissa aller aux confidences :

— Je ne sais pas exactement à quel moment je suis tombée amoureuse de toi, Jake, mais c'est arrivé. Que tu me proposes un mariage de convenance m'a dévastée. J'ai cru que seule Ariane comptait à tes yeux.

Caro l'aimait !

Jake sentit à son tour son cœur exploser de bonheur.

— Je suis désolé, Caro. Je suis meilleur avec les chiffres qu'avec les émotions.

— Non, Jake. Je t'ai vu avec Ariane. Je sais à quel point tu la chéris.

— Pas seulement Ariane… Veux-tu m'épouser, Caro ? J'ai besoin de toi.

— Mais… Mon père…

— Laisse-moi gérer la situation avec ton père. Il n'est plus en position d'exiger quoi que ce soit.

— D'accord, je te fais confiance.

— Alors, acceptes-tu de m'épouser ?

— Es-tu toujours aussi âpre à la négociation ? demanda-t-elle avec un sourire en coin.

— Oui, quand le jeu en vaut la chandelle. Je ne laisserai personne nous mettre des bâtons dans les roues.

Caro se hissa sur la pointe des pieds et prit le visage de Jake entre ses mains.

— Je t'aime… Si tu es vraiment sûr de toi, ma réponse est oui, parce que je pense être incapable de vivre sans toi.

L'enlaçant étroitement, Jake murmura contre ses lèvres :

— Tu fais de moi l'homme le plus heureux du monde. Je ferai tout pour t'apporter tout le bonheur que tu mérites.

Sur ces mots, il l'embrassa avec une tendresse infinie.

Épilogue

— Enfin tu es de retour !

Caro contourna à la nage le bassin qui surplombait l'océan Pacifique pour rejoindre son homme, son amant, son mari. De retour de la ville, il avait laissé tomber sa veste, défait le premier bouton de son col de chemise et se retroussait à présent les manches. Ariane qui sautait et poussait des cris de joie sortit de l'eau et courut rejoindre son oncle.

— Oncle Jake ! On a attendu, attendu, et enfin tu es là !

Jake souleva sa nièce dans ses bras, sans se préoccuper de l'eau qui dégoulinait sur ses vêtements.

— Désolé, chérie, mais il faut bien que je travaille de temps en temps.

Depuis leur installation au nord de Sidney, Jake avait réduit ses heures de présence à son bureau. La plupart du temps, il travaillait depuis chez lui et déléguait de nombreuses tâches.

— Avez-vous passé une bonne journée, les filles ? demanda-t-il avec un grand sourire aux deux amours de sa vie.

Ariane se mit à raconter sa journée avec force détails. L'enfant effacée que Caro avait rencontrée en Suisse n'était plus qu'un pâle souvenir. Aujourd'hui, la fillette rayonnait de bonheur et de confiance en elle. Elle avait même noué des liens avec d'autres enfants du voisinage.

Lorsque Caro sortit de l'eau et voulut agripper une serviette de bain, Jake se mit en travers de son chemin.

— N'aurais-tu pas oublié quelque chose ? lui demanda-t-il d'un air taquin.

— Eh bien, si ça ne t'ennuie pas d'être encore plus trempé…

Elle se pressa alors contre lui et déposa un baiser retentissant sur ses lèvres.

— Tu ne m'écoutes pas, oncle Jake, protesta Ariane. Nous avons une surprise ! Un visiteur !

Comme Jake haussait les sourcils, Caro précisa :

— Demain, seulement.

Ariane hocha vigoureusement la tête.

— Je veux trouver un livre à regarder avec lui. Je peux y aller maintenant ?

Après avoir séché et habillé la fillette, Caro la déposa dans sa chambre au milieu de ses livres d'images, puis rejoignit Jake sur la terrasse.

— Un visiteur ? demanda-t-il en invitant Caro à venir s'asseoir près de lui au bord du bassin.

— Oui, répondit-elle en posant sa tête sur son épaule. Paul.

— Paul ?

— Le roi Paul de Sainte Ancilla. Nous l'avons invité, t'en souviens-tu ?

Les deux mois qui venaient de s'écouler avaient abouti à l'abdication de son père en faveur de son fils aîné. Le scandale lié à ses malversations n'avait pas été rendu public, mais il s'en était fallu de peu. L'ancien roi dont les sujets ignoraient qu'il avait été banni, s'était officiellement retiré sur une île éloignée. Jake avait ensuite aidé le frère de Caro à éponger les dettes accumulées grâce un ambitieux plan d'investissement.

— Tu es heureuse de le recevoir ?

— Oui. Cette absence, loin de la presse et de la Cour, lui fera le plus grand bien.

Caro avait particulièrement apprécié la fiabilité de son

frère lorsque la situation avait dégénéré à Sainte Ancilla. Il prenait désormais son rôle très au sérieux.

— La presse risque de le traquer jusqu'ici.

— Je saurai gérer. J'ai l'habitude, tu sais… En revanche, s'il nous invite à passer chaque année un peu de temps à Sainte Ancilla, te sens-tu capable de fréquenter la Cour ou de participer à certains événements ?

— C'est ton pays, Caro, et ton héritage, ainsi que celui d'Ariane. Et puis, j'ai un faible pour les princesses ! Une en particulier qui éclipse à mes yeux toutes les autres. Une princesse pour qui je ressens un amour infini.

Sur ces mots, ils échangèrent un long baiser plein de promesses.

Retrouvez en décembre 2020,
dans votre collection

AZUR

La promise de Noël, de Lynne Graham - N°4279

Leo Romanos est un homme d'affaires et certainement pas du genre à s'encombrer d'une famille. Seulement, quand à la veille de Noël il se retrouve brusquement tuteur de ses quatre neveux orphelins, il n'a d'autre choix que de trouver une épouse pour l'épauler. Aussi se résout-il à demander en mariage la jolie Letty, qui a cruellement besoin d'argent pour sauver sa famille de la ruine. Entre eux, il ne s'agira que d'un pur arrangement… s'il parvient à ignorer l'attraction qui le pousse vers son innocente promise !

La dette de Monte-Carlo, de Caitlin Crews - N°4280

« Vous m'avez sauvée. » Si Julienne est de retour au Grand Hôtel de Monte-Carlo, c'est dans le but de rencontrer Cristiano Cassara. Dix ans plus tôt, l'homme d'affaires l'a tirée de la misère pour lui offrir un travail et une nouvelle vie – sans jamais rien demander en retour. Toutes ces années, Julienne a pensé à son bienfaiteur et à la façon dont elle pourrait le remercier. Et, aujourd'hui qu'il pose sur elle ce regard intense qui a hanté ses nuits, elle sait exactement comment lui payer sa dette…

Un trône pour Samia, de Susan Stephens - N°4281

Bientôt, Luca Fortebracci accomplira son destin royal. Il montera sur le trône de Madlena, au côté de l'épouse idéale qu'il aura choisie. Pourtant, avant cela, il compte bien profiter de ses derniers instants de liberté sur son luxueux yacht. Au cours de sa croisière en Méditerranée, il rencontre la mystérieuse Samia. Belle, mais loin de posséder les attributs royaux qu'il recherche chez sa future femme, elle l'attire irrésistiblement. Au point que Luca, tout en sachant qu'ils n'ont aucun avenir ensemble, décide de la séduire…

**Scandaleuse nuit londonienne,
de Lucy King - N°4282**

Nom : Kate Cassidy. Ville : Londres. Expériences sentimentales : aucune.
En rejoignant une agence d'escort-girl pour arrondir ses fins de mois difficiles, Kate n'a pas l'intention d'offrir à ses clients autre chose que des conversations sages au restaurant. Hélas, Theo Knox, le meilleur ami de son frère, s'est mis dans la tête de la protéger des hommes trop entreprenants. Et pour cela, c'est lui-même qui veillera sur elle – chaque jour et peut-être la nuit aussi…

Un prince pour patron, de Michelle Conder - N°4283

Pour Cassidy, être l'assistante personnelle de Logan d'Arrantino est un défi quotidien. Non seulement elle travaille sans relâche pour satisfaire son patron intransigeant, mais il lui faut surtout taire les sentiments qu'elle éprouve secrètement pour lui. Hélas, leur relation se complique encore quand Logan est brusquement contraint de devenir roi. Car il exige que Cassidy l'accompagne en son palais…

La fuite d'une héritière, de Susan Meier - N°4284

En tant que riche héritière, Morgan a toujours fait ce que sa famille attendait d'elle. Pourtant, alors que son père la conduit à l'autel, elle prend soudain conscience qu'elle ne veut pas de ce mariage huppé – et encore moins de celui qu'elle s'apprête à épouser. Alors elle fuit ! Bientôt rattrapée par Riccardo Ochoa, l'associé de son père chargé de la ramener à la maison, elle parvient à le convaincre de lui accorder deux semaines. Deux semaines de liberté qui, passées au côté du bel Espagnol, pourraient bien devenir pure volupté…

L'époux grec d'une princesse, de Julia James - N°4285

Pour sauver de la faillite sa famille exilée, la princesse Elizsaveta est prête à tout. Et même à contracter un mariage de convenance avec un homme qu'elle ne connaît pas ! Dès ses noces avec Leon Dukaris, son sens du devoir est pourtant mis à rude épreuve. Entre Leon et elle, le désir est sauvage, irrépressible. Or, si Leon a clairement énoncé qu'il ne sera jamais question d'amour entre eux, Eli sent poindre en elle des sentiments sincères et inavouables pour son époux grec…

Le secret d'Enzo Cardinali, de Jackie Ashenden - N°4286

SÉRIE : *HÉRITIERS ITALIENS* - 1/2

Cela fait quatre ans qu'Enzo Cardinali tente d'oublier la passion qu'il a connue avec la douce Matilda. Or, alors qu'il pensait ne jamais revoir celle qui l'a quitté sans un mot d'adieu, voilà qu'il la retrouve sur une île des Cotswolds… dotée d'un petit garçon. Un enfant qui a les mêmes yeux dorés que lui. Dès lors, Enzo est résolu à revendiquer sa paternité et à révéler au monde que le royaume de Monte Santa Maria a désormais un héritier !

L'enfant des dunes, d'Annie West - N°4287

SÉRIE : *FRÈRES DU DÉSERT* - 1/2

Enlevés dans le désert, retenus captifs dans une même cellule sombre… Ashraf et Tori unissent leurs forces et leurs corps, durant une nuit aussi dangereuse que voluptueuse. Sauvés in extremis le lendemain, tous deux sont hélas séparés. Aussi, c'est avec stupeur que Tori retrouve Ashraf quelques mois plus tard. L'homme qu'elle croyait mort se révèle être le prince de Za'daq, et il ignore encore qu'un bébé est né de leur étreinte inoubliable…

Une étreinte royale, de Jennifer Faye - N°4288

SÉRIE : *LE NOËL DES CATTANEO* - 2/3

Le poids des responsabilités pèse lourd sur les épaules de Noémi, puissante héritière de la dynastie Cattaneo… Durant une nuit à Milan, pourtant, elle oublie ses soucis entre les bras du sublime Max dont elle ignore tout. Quelle n'est pas sa stupéfaction de le retrouver trois mois plus tard dans la station de ski familiale de Mont-Cœur et de découvrir que Maximilien est prince ! En cette veille de Noël, doit-elle lui révéler que leur étreinte passionnée n'a pas été sans conséquence, puisqu'elle attend un enfant de lui ?

À la merci du milliardaire russe, de Dani Collins - N°4289

Cent mille livres contre une nuit de passion ? Claire sent un mélange de honte et de colère l'envahir. Pour qui la prend Aleksy Dmitriev pour oser lui faire une telle proposition ? Bien sûr, elle a plus que jamais besoin de cet argent – puisque ce même Aleksy vient de détruire sa vie – mais, si cet odieux milliardaire pense pouvoir acheter ses faveurs, il se trompe lourdement ! Et elle va le lui dire. Sauf que, sous le regard brûlant d'Aleksy, Claire sent malgré elle une fièvre inconnue s'emparer de tout son être. Pour une nuit, une seule, peut-elle céder au désir que lui inspire cet homme qui ne voit en elle qu'une vulgaire croqueuse de diamants ?

Composé et édité par HarperCollins France.

Achevé d'imprimer en octobre 2020.

CPI
BLACK PRINT

Barcelone

Dépôt légal : novembre 2020.

MIXTE
Papier issu de sources responsables
FSC® C108412

Pour limiter l'empreinte environnementale de ses livres, HarperCollins France s'engage à n'utiliser que du papier fabriqué à partir de bois provenant de forêts gérées durablement et de manière responsable.

Imprimé en Espagne.